www.bbulmedia.com

패왕의 별

패
왕
의
별

1판 1쇄 찍음 2017년 2월 20일
1판 1쇄 펴냄 2017년 2월 27일

지은이 | 강호풍
펴낸이 | 정 필
펴낸곳 | 도서출판 **뿔미디어**

편집장 | 문정흠
기획 · 편집 | 한관희

출판등록 | 2002년 9월 11일 (제081-1-132호)
주소 | 경기도 부천시 원미구 소향로 17번길(두성프라자) 303호 (우) 14544
전화 | 032)651-6513 / 팩스 032)651-6094
E-mail | bbulmedia@hanmail.net
비북스 | http://www.b-books.co.kr

값 8,000원

ISBN 979-11-315-7779-0 04810
ISBN 979-11-315-2568-5 04810 (세트)

피
왕
의
별

3부

21

강
호
풍 신
무
협 장
편 소
설

뿔—미디어

목차

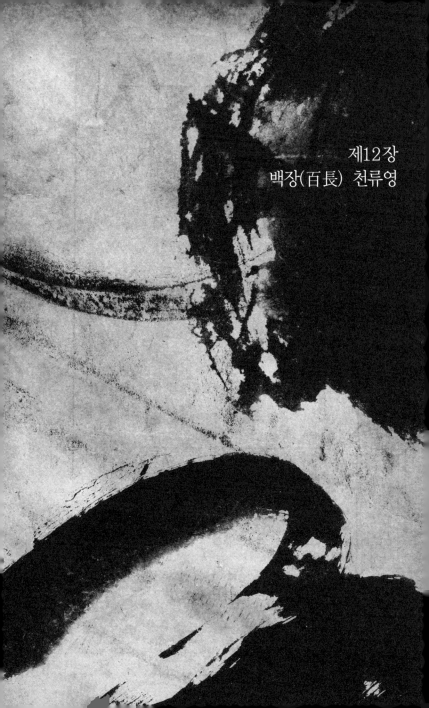

제12장
백장(百長) 천류영

1

천고마비(天高馬肥)의 계절.

가을이 오는가 싶더니, 어느새 바람이 차갑다.

만주의 혹독한 겨울이 성큼 다가오고 있다는 징조다. 그리고 그건 전투를 치를 수 있는 날이 얼마 남지 않았다는 뜻이기도 했다.

구름 한 점 없는 청명한 오후.

이층 단 위에 서 있는 대원수 이청(李靑)은 호랑이 같은 눈으로 전장을 바라보았다.

예순넷의 노장군(老將軍)이긴 하나 기력은 어지간한 청년보다 뛰어난 인물로, 각종 병장기와 승마술에 능했다.

스물아홉 때 무과에 급제해 관직에 들어섰고, 북직예와 산동에서 삼 년씩 복무했다. 그 이후로 북방의 야전에서 대부분의 세월을 보냈으며, 마침내 사 년 전, 북로삼군(北路三軍) 중 북로동군(北路東軍)의 총사령관, 대원수 자리에 올랐다.

야전의 많은 장수로부터 전폭적인 신망을 받고 있는 그는 대원수 자리에 취임하며 오 년 안에 만주를 평정하겠다고 일갈했다.

하지만 어느새 사 년이란 세월이 흘렀음에도 내세울 만한 전공을 아직 얻지 못했다.

황궁의 몇몇 관리들은 이런 이청을 가리켜 무능하다고 성토하기도 했지만, 어디까지나 일부였다.

삼십여 년간 지속된 전쟁이 의미하는 건 적의 전력이 그만큼 출중하다는 것이고, 북로중군이나 북로서군도 딱히 주목할 만한 전공이 없었다.

아군 팔십만과 여진족 육십만이 운집해 있는 황량한 초원은 질식할 듯한 정적이 흘렀다.

드디어 대치하고 있는 두 부대에서 북 소리가 일기 시작했다.

둥― 둥― 둥― 둥―

순간, 이청뿐만 아니라 팔십만 아군의 시선이 한곳으로

쏠렸다.

지난 두 달간 벌어진 아홉 차례의 전투에서 항시 앞으로 먼저 걸어 나가는 사내, 백장(百長) 천류영.

모두가 또 이번에도 그 미친 짓을 벌일까 하는 궁금 어린 시선이었다.

그리고 이번에도 어김없이 천류영은 최전선의 앞으로 걸어 나갔다.

가슴과 왼쪽 팔뚝, 그리고 오른쪽 허벅지에 붕대를 친친 감고 있는 그는 지금껏 그랬듯이 천천히, 그러나 흔들림 없이 앞으로 걸어 나갔다.

대원수 이청의 곁에 있던 상장군이 이를 갈다가 나지막이 뇌까렸다.

"저저, 저 꼴통이 또 군령을 무시하고 멋대로!"

꼴통.

그랬다.

이곳에서 천류영의 별명이 바로 꼴통이었다.

만약 무림의 동료들이 이 별명을 들었다면 기함하며 믿지 못했으리라.

어쨌든 꼴통 천류영은 검 한 자루를 든 채 가슴을 펴고 앞으로 걸었다.

이청 옆에 있는 상장군이 다시 입을 열었다.

"대원수! 왜 저 꼴통을 징계하지 않으십니까! 가만히

놔두니 천둥벌거숭이마냥 날뛰지 않습니까!"

이청은 표정을 알 수 없는 얼굴로 허연 수염을 쓰다듬
으며 반문했다.

"저 꼴통이 백장이지?"

상장군의 이맛살이 일그러졌다.

고작 백장 따위를 벌하는 데 총사령관인 대원수까지 나
서야 하느냐는 질책이었다.

즉, 천류영의 직속상관인 오백장을 비롯해 그 많은 장
수들은 대체 뭐하고 있느냐는 추궁.

상장군은 입술만 깨물었다.

저 꼴통을 추천한 사람이 황궁의 숨은 실력자인 태감이
란 것을 모두 알고 있었다. 그리고 이곳에서 태감을 무시
할 수 있는 인물은 오직 한 사람뿐이었다.

대원수 이청.

무안을 당한 상장군이 침묵하자 이청이 엷은 미소를 짓
고 말했다.

"어쨌든…… 꼴통이긴 하지만 사기를 올려주는 기특한
놈이잖아. 이용할 수 있는 건 전부 이용해야지."

그때, 낭왕 방야철과 전(前) 친황대주인 우공편이 천류
영을 따라나섰다.

그것을 시작으로 팔십만 대군이 환호하기 시작했다.

"와아아아아아아!"

북소리도 높아졌다.

이청의 말마따나 천류영의 겁 없는 행동은 사기에 적잖은 영향을 주고 있었다.

이청 뒤에 있던 초로의 군사(軍師), 사마유(司馬儒)가 입을 열었다.

"저 꼴통이 허망하게 죽어버리면 오히려 사기가 곤두박질치게 됩니다."

이청이 옆구리에 차고 있는 패검의 검파를 만지작거리며 심드렁하게 대꾸했다.

"사마 군사의 말처럼 저 녀석이 죽으면? 그럼 후퇴령을 내리면 되겠지. 저 꼴통 덕분에 아홉 번이나 승리했으니, 한 번쯤은 패할 수도 있는 게야."

어떻게 들으면 참으로 대범하고, 다른 의미로는 무사태평한 발언이었다.

하지만 사마유나 주변의 사람들은 쓴웃음만 깨물고 차마 반박하지 못했다.

수십만 대군이 대치하는 전장.

그렇다고 실제로 전군이 모두 전투에 투입되는 건 아니다. 보통 수천에서 수만 명씩 싸우게 되는 것이지.

왜냐하면 어느 쪽이든 전군을 투입했다가 대패하면 벼랑 끝에 몰리게 되니까. 그리고 그건 나라의 운명을 좌우할 수 있었다.

그렇게 아군과 적군 모두가 안전한 전술을 운용할 수밖에 없는 처지였다. 물론 그러면서도 항상 눈에 불을 켜고 한 번의 기회를 노리고 있었다.

상대가 결정적인 실수를 할 순간을.

그때였다.

천류영의 직속 수하인 백여 명이 갑자기 우르르 뛰어나가더니, 천류영 주변에 모였다. 그것을 본 팔십만 아군의 함성이 더욱 거세졌다.

순간, 이청 대원수의 눈에 이채가 스쳤다.

"호오, 수하들의 마음을 얻었군."

쉽지 않은 일이었다.

왜냐하면 천류영이 태감의 추천으로 들어온 것을 모두가 알고 있기 때문이다. 거의 모든 병사들은 환관에게 아부해 장수 자리를 따내려고 한 천류영을 경멸하고 있었다.

그러나 천류영은 딱히 변명하지 않았다.

오로지 행동으로 솔선수범한 끝에, 마침내 수하들의 마음을 얻어낸 것이다. 그런 후, 더 나아가 팔십만 명의 동료들 마음에도 조용히 스며드는 중이었다.

이청이 '제법이야'라는 혼잣말을 하고는 고개를 돌려 사마유에게 말했다.

"사마 군사, 꼴통이 아직도 나를 만나길 원하나?"

사마유의 얼굴이 딱딱하게 굳었다. 하지만 공손하게 대답했다.

"예. 매일 아침 대원수님을 뵙게 해달라 청을 넣고 있습니다."

이청은 다시 앞을 보며 옆에 있는 상장군에게 눈짓을 했다. 그러자 그가 목청 높여 공격령을 외쳤다.

천지를 뒤흔드는 함성이 일었다. 아군의 선봉이 뛰어나가고, 적 선봉도 달려온다.

그러자 기다렸다는 듯 화살이 하늘을 까맣게 뒤덮었다.

하지만 이청은 여전히 담담한 기색으로 뒤에 있는 사마유에게 물었다.

"당최 무슨 얘길 하고 싶다는 거지? 태감이 부탁한 천장의 자리와 장군 회의에 참석하게 해달라는 요구인가?"

"……."

이청은 의아하다는 기색으로 고개를 돌리며 물었다.

"왜 대답이 없지?"

"그게…… 꼴통이 얼토당토않은 말을 해서……."

이청은 다시 앞을 보려다가 멈추고는 잠시 사마유를 주시했다. 그가 오른손 엄지로 네 손가락 끝을 훑고 있었다. 그건 뭔가 말하는 것이 내키지 않을 때 보이는 습관이었다.

이청은 다시 전장으로 시선을 돌리며 말했다.

"꼴통이 자네에게 했던 말, 그대로 나에게 해봐."

"……."

"나는 이번에도 꼴통이 죽지 않으면, 놈을 한 번 만나볼 생각이야. 열 번이나 저런 짓을 하는데도 죽지 않는다면, 운이 따르거나 쭉정이가 아닌 실력자라는 뜻이지. 그런 녀석이라면 한 번 보는 것도 괜찮을 테니까."

사마유는 속으로 쓰게 웃었다.

운이 따르거나 실력자라…….

아니다.

두 달 전, 대원수는 천류영이 첫날 전투에서 보여준 황당한 행동을 보고는 무림에서 어떤 활동을 했는지 조사하라는 명을 내렸다. 그리고 자신은 어제저녁에 보고서를 상달했다.

지금 대원수는 그 보고서를 읽고 천류영에게 흥미를 느끼고 있는 것이었다. 하긴 사마유 자신도 천류영이란 청년에게 관심을 갖게 되었으니, 대원수라고 다를 리 없었다.

"꼴통은…… 일만의 최정예 병력을 자신이 부릴 수 있게 해달라고 요구했습니다."

그 말이 떨어지기 무섭게 이청의 얼굴이 딱딱하게 굳었다. 이층 단 위에 있던 세 명의 상장군과 다섯 호위도 눈을 치켜뜨며 책사를 보았다.

이청은 아랫입술을 지그시 깨물고는 쏟아지는 화살을 쳐내고 있는 천류영의 등을 노려보았다.

"백장 주제에 장군 자리를 원한다는 건가? 태감, 그 고자 늙은이가 요구한 천장(千長)도 아니고?"

"……."

"고작 몇 십, 몇 백이 싸우는 무림에서 이름 좀 얻었다고 간이 배 밖으로 나왔군."

그의 양 볼이 씰룩거렸다.

어이없음, 황당함, 그리고 꼴통이 야전의 군부를 같잖게 본다는 생각에서 오는 분노가 치밀었다.

사마유가 한숨을 엷게 내뱉고 말을 이었다.

"그렇게 해주면 이 전쟁을…… 끝내겠다고 했습니다. 대원수께서 취임하면서 호언장담한, 오 년 안에 만주를 평정하게 될 것이라 했습니다."

콰직.

이청이 쥐고 있던 패검의 검파가 우그러졌다. 억눌린 그의 잇새로 욕설이 튀어나왔다.

"건방진 꼴통 새끼, 조금 괜찮은 놈이라고 여겼더니, 어디서 그런 건방을!"

"예. 그래서 저도 매번 호통을 치고 쫓아냈습니다."

이청이 시선을 내리깔며 단 밑에 대기하고 있는 열 명의 전령 중 한 명을 불렀다.

"추몽! 꼴통을 당장 내 앞으로 데려와!"

대원수의 명을 전하기 위해서 경신술이 뛰어난 이들로 선발된 전령들 중 가장 실력이 탁월한 추몽은 고개를 숙였다.

"존명!"

선봉의 전투가 이제 막 시작되었다. 그런데 최전선에 있는 꼴통을 데려오라고?

이 무슨 황당무계한 명령인가.

그러나 대원수의 지고무상한 명은 이미 떨어졌다. 추몽은 눈부신 속도로 화살 비가 쏟아지는 전장으로 뛰어 들어갔다.

이각 후.

추몽이 이층 단 앞으로 달려왔다.

계속 전장을 주시하던 이청이 눈가를 잘게 떨더니 물었다.

"꼴통이…… 죽었나?"

추몽이 혼자 왔기 때문이다. 그는 단 아래서 고개를 저으며 외쳤다.

"꼴통이 전투가 끝나고 찾아뵙겠다고……."

말을 꺼내긴 했지만 차마 끝까지 못 잇는 그를 보며 이청이 어이없다는 표정을 지었다.

"뭐라? 허, 백장이 감히 대원수인 내 명을 무시했다고?"

추몽은 입술을 깨물었다가 말했다.

"전투가 한창인데 수하들을 두고 혼자 전장을 떠날 수 없다고 했습니다."

예상치 못한 말이었을까?

굳어가던 이청의 입꼬리가 슬쩍 올라갔다.

"그런 말을 지껄였단 말이지?"

이청의 시선이 다시 전장으로 향했다.

수많은 인원이 뒤엉켜 싸우는 그 전선에서 천류영을 찾아내는 건 불가능했다. 다만, 그가 있던 위치를 고려해 대충 가늠할 뿐.

지난 아홉 번의 전투에서도 그랬지만, 이번에도 놈이 이끄는 전선은 확실히 우세해 보였다.

이청은 잠시 침묵하다가 입을 열었다.

"어떻게 싸우더냐?"

추몽은 쉽게 입을 열지 못했다. 그 모습에 사마유를 비롯한 단 위의 상장군과 호위들이 고개를 갸웃거렸다.

추몽은 경신술이 뛰어날 뿐만 아니라 전황을 살피는 눈과 판단력도 뛰어난 인물이었다. 그런 이유로 이청은 전령 중 추몽을 가장 총애했다.

대원수가 질문을 던지면 즉각 정확한 답을 내놓는 추몽

이 입술만 여짓거리며 답하지 못하는 모습이 낯설 정도였다.

이청의 눈이 초승달을 그렸다.

뭔가 기분 좋은 예감을 한 걸까?

그렇게 대원수는 눈웃음으로 다시 물었다.

"느낌만 말하면 된다."

"의문이 풀렸습니다."

"……?"

"왜 꼴통의…… 아니, 천류영의 부대가 최선두에서 싸우는 데도 불구하고 전투가 끝나고 보면 피해가 가장 적은지 말입니다."

이청은 다시 고개를 들어 전장을 살피며 말했다.

"자세히, 핵심만."

"우선 천류영의 좌우에 위치한 낭왕과 전(前) 친황대주 우공편의 실력이 걸출했습니다. 특히 낭왕의 실력은 발군이었습니다. 그 사람으로 인해 부대원들이 호흡을 잃지 않고 싸울 수 있을 정도였습니다. 고작 백장의 부관 따위를 할 인물이 아닙니다."

이청은 고개를 끄덕이며 대꾸했다.

"그렇군. 그의 실력이야 나도 짐작하고 있었다. 꼴통은?"

"대단한 실력이라고 말하기는 어렵겠지만, 굳건했습

니다."

"굳건하다? 허허허, 재미있는 표현이군."

"가장 중요한 건……."

그가 말을 잇지 못하고 다시 방설였다. 이청이 다시 그를 내려다보며 채근했다.

"말하라."

"그는……."

추몽이 입술을 꾹 깨물며 대원수를 올려다보았다. 그러고는 말했다.

"그 주변의 지배자였습니다."

단 위의 사람들이 거의 동시에 눈을 껌뻑거렸다. 사마유가 끼어들면서 물었다.

"그게 무슨 뜻이냐?"

"천류영의 상관인 오백장과 천장도 그의 명을 따르고 있었습니다."

"……!"

"그리고 그 장수들의 수하들 역시 그랬습니다."

사마유가 기가 막힌다는 낯빛으로 윽박질렀다.

"그 무슨 말도 안 되는 말이냐! 엄연한 지휘 체계가 있거늘!"

이청 대원수를 비롯한 단 위의 사람들은 아연해하면서 깨달았다.

지난 두 달간 벌어졌던 아홉 번의 전투.

천류영은 그 전투를 치르면서 직속 수하뿐만 아니라 곁에서 함께 싸우는 동료와 장수들의 마음까지 얻었다는 것을.

사람들은 찰나의 선택과 판단으로 생사가 갈리는 전장에서 믿을 수 있는 결정을 연신 내리는 천류영을 보면서 자연스럽게 그의 지시를 따르게 됐던 것이다.

단 위, 그리고 주변으로 침묵이 흘렀다.

저 앞의 전장은 비명과 고함이 난무한데, 이곳만 조용해 위화감이 들 지경이었다.

이청은 뜻 모를 한숨을 한차례 내뱉고 입을 열었다.

"오늘 전투는 이쯤에서 끝내지."

옆의 상장군이 당황한 기색을 띠었다.

"버, 벌써 말입니까?"

사마유도 입을 열었다.

"이리 빨리 후퇴령을 내리면 적들이 우리 내부에 뭔가 문제가 생겼다 오판하고 달려들 수 있습니다."

이청이 전선을 훑고 짜증스러운 어조로 대꾸했다.

"사마 군사, 자네답지 않게 왜 그러나? 이런 지긋지긋한 전투를 한두 번 치른 것도 아니고. 놈들은 못 쫓아와. 무슨 꿍꿍이가 있는지 저어돼서 말이지. 그리고 무엇보다 겨울이 코앞이야."

대원수의 말이 옳았다.

전군이 모두 부딪치는 대충돌(大衝突)은 겨울을 지내고 봄에 치러진다. 그때 승리한다면 여세를 몰아 상대의 영토로 깊숙이 진출할 수 있을 테니까. 그러나 가을엔 큰 전투가 거의 없었다.

이긴다 해도 대규모 부대의 이동이 어려운 겨울이 다가오니, 상대 영토로 진출하기 까다롭기에 그랬다.

그런 이유로 늦여름부터는 사실상 지금과 같은 눈치 보기식의 전투만 치르게 된다. 일종의 자신들이 건재하다는 것을 과시하는 전투랄까.

하지만 상대가 방심해 부대 운용에 큰 허점을 드러내면 맹수처럼 달려들어 요절을 낼 준비는 늘 하고 있었다.

이청이 단에서 내려가며 사마유에게 말을 이었다.

"꼴통을 내 막사로 데리고 와."

그는 신경질적으로 말하고 막사로 향했다.

그건 천류영의 진가를 조금 더 일찍 알아보지 못한 자책감도 있지만, 어쨌거나 그 녀석으로 인해 부대의 지휘 체계가 엉망이 된 것에 대한 분노이기도 했다.

그는 명령 체계가 추상같은 군부에서 삼십오 년을 살아온, 천상 군인이었으니까.

천류영이 대원수의 막사에 들어선 건 그로부터 한 시진

이 지나서였다.

후퇴령을 내린다고 곧바로 전투가 중지되는 것은 아니기 때문이었다. 선봉은 전열을 흩트리지 않으며 퇴각해야 했고, 중군을 포함한 부대는 적이 총공격을 강행할 경우를 대비해야 했다.

그렇게 서로가 물러나 군영으로 돌아가고 사상자 점검을 포함해 처리해야 할 일들이 있었다.

사마유는 천류영에게 대원수께서 기다린다고 닦달을 했지만, 그는 직속 수하들 중 부상자를 먼저 챙긴 후에야 길을 나섰다.

피 칠갑을 한 천류영이 막사 안으로 들어서자 이청이 깊은 눈빛으로 바라보며 물었다.

"네놈은 대원수의 명을 받은 지가 언제인데 이제야 나타나는 것이냐?"

천류영이 묘한 느낌의 깊은 한숨을 내쉬고는 읍했다.

"후우우우, 드디어 뵙는군요. 천류영입니다."

"허어, 이젠 내 질문도 무시하는 게냐?"

"저는 대원수님을 뵙기 위해서 목숨을 걸고 열 번의 전투에 나섰습니다. 그런데 그 잠깐의 지체된 시간이 그리 서운하십니까?"

"서운하고 말고의 문제가 아니다. 나는 군(軍)의 지휘 체계를 말하고 있는 것이야."

미소 짓던 천류영의 얼굴이 굳었다.

"대원수께서는 뭔가 착각하고 계시군요."

"뭐?"

"군(軍)이 명령을 우선으로 하는 조직이라는 건 알고 있습니다. 그렇다고 그것이 대원수가 군을 멋대로 운용해도 된다는 뜻은 아닙니다. 대원수의 명보다 더 중요한 건 군율과 군기입니다. 대원수님도 부정을 저지르고 군율을 어기면 마땅히 처벌받아야 하는 겁니다."

뒤늦게 따라 들어오던 사마유가 기함하며 외쳤다.

"천류영 백장! 지금 어느 안전이라고 대원수께 그런 망발을 하는 건가!"

그러나 천류영의 말은 거침없이 이어졌다.

"대원수께서는 전장에서 싸우고 있는 백장을 개인적인 호기심으로 호출했습니다. 그게 얼마나 위험한 명인지 모르십니까? 제 직속 수하 백 명의 목숨이 위태로울 수 있는 명령이었습니다."

사마유가 당황하며 입술을 깨물었다. 이청은 범 같은 눈빛으로 천류영을 쏘아보았다.

팔십만 대군의 정점에 서 있는 대원수의 눈빛은 아무리 담력이 대단한 자라도 가슴이 서늘해질 만큼 위압적이었다. 그러나 천류영은 차가운 표정으로 말을 이었다.

"대원수께 여쭙고 싶습니다. 대원수께서 군부에 투신할

때의 초심은 어떤 것이었습니까? 최고의 자리에 앉으면 전횡을 일삼아도 되는 것이 군이었습니까?"

"꼴통……."

"저는 지금 제 수하 중 한 명의 임종을 보고 왔습니다. 열 번의 전투를 저와 함께 치른 전우의 죽음을……. 그런데 대원수께서는 자초지종을 제대로 알아보지도 않고 당신의 위신부터 챙기십니까? 대원수께서 생각하는 군은 그런 것이었습니까?"

사마유가 질린 표정으로 혀를 내둘렀다.

천류영의 말은 옳다. 그러나 입 밖으로 내뱉는 말은 종종 화(禍)로 돌아오기 쉽다. 지금의 경우가 딱 그랬다.

장담하건대, 천류영은 목이 잘릴 테고, 그의 수급이 군영 한가운데 효수될 것이다.

이청이 이글거리는 안광으로 입을 열었다.

"꼴통 새끼, 태감이란 배경을 믿고 이리 까부는 게냐? 그딴 게 내게도 먹힌다고 생각하는 것이야?"

"아뇨."

"그럼 뭘 믿고……."

천류영이 이청의 말허리를 끊었다.

"이청 대원수님을 믿고 까붑니다."

으드득.

"어디서 그런 말장난을……."

"제가 세 곳의 전장 중 만주를 택한 건 다름 아닌 이청 대원수님 때문이었습니다. 제가 아는 이청 장군님은 이런 분이 아니셨습니다."

"크크큭, 네놈이 나에 대해 뭘 안다고?"

천류영이 심호흡을 하고 말했다.

"저, 천류영입니다. 십육 년 전, 북로동정군의 다상위 대장군님을 모셨던 꼬마. 노예병이었다가 시종으로 차출되었던 그 꼬마 말입니다."

순간, 이청의 타오르던 눈동자가 거칠게 흔들렸다. 그는 차가운 물을 뒤집어쓴 것처럼 한차례 몸을 부르르 떨다가 입을 열었다.

"네, 네가……."

"당시 장군이셨던 당신께서도 저를 귀여워해 주시지 않았습니까? 제가 내려주는 차를 좋아하셨습니다. 그때, 대장군님과 함께 육도삼략에 대해 말하시면서 '네가 이것을 이해할 수 있겠느냐'고 놀리기도 하셨지요."

"……."

"청렴결백하고 수하들을 누구보다 아끼던 이청 장군님을 저는 아직도 기억하고 있는데, 장군님께서는 변하신 겁니까?"

이청이 홀린 듯한 표정으로 자리에서 일어났다. 그러더니 천류영의 얼굴을 뚫어지게 보며 다가와 양어깨를 투박한 손으로 잡았다.

"그 영민하던 꼬마가 너라니……. 그때, 그 난리 통에 살아서 빠져나갔구나. 허허허, 잘 컸구나, 잘 컸어! 네가 무림인이 되었을 줄이야."

"장군님."

이청이 미소로 말했다.

"허허허, 이젠 대원수다."

"……."

"미안하구나. 널 볼 면목이 없다."

이청이 천류영을 안았다.

2

이청은 낭왕 방야철과 전 친황대주 우공편도 막사로 불러들여 술자리를 마련했다.

처음엔 어색하고 데면데면한 자리였다. 하지만 이청이 천류영과 과거를 안주 삼아 다상위 대장군이 죽은 후 전장에서 빠져나가 어떻게 지냈는지에 대해 대화가 오가면서 묘한 공감대가 형성되었다.

방야철이나 우공편 역시 천류영의 과거에 대해 궁금한 것이 많았던 것이다.

그들은 천류영이 어린 시절부터 전장에 끌려와 고생했

다는 얘기에 아픈 눈빛으로 입술을 꾹 깨물었다.

그리고 표국의 쟁자수로 고생한 부분에서는 이청이 씁쓸한 표정을 지었다.

천류영은 이청 대원수와 담담하게 얘기를 나누다가 모두 애잔한 표정을 하고 있는 것을 보고는 쓰게 웃었다.

"하하하, 이러려고 과거를 들춰낸 것은 아닌데……. 아무리 어렵던 과거라도 지나가면 다 추억이 되는 겁니다."

그가 귀밑머리를 긁적거리며 탁자 위에 있는 술잔을 들어 마셨다. 이청이 기특하다는 낯빛으로 빈 잔에 술을 따르며 말했다.

"나는 네가 무림에서 높은 자리에 올랐다는 것보다, 어려운 시절에 비뚤어지지 않고 올곧게 자랐다는 것이 더 대견하구나. 장하다, 장해."

방야철이 비어 있는 대원수의 잔에 술을 채우며 칭찬에 합류했다.

"천 공자가 어릴 때도 그렇게 똑똑했습니까?"

이청이 너털웃음을 터트렸다.

"허허허, 사실 똑똑하다고 생각하지는 않았네. 그냥 꼬맹이가 책 읽는 것을 좋아해서 대장군님이나 내가 기특하게 여기고 책을 주곤 했지. 그런데 뭐, 군영에 있는 책이라고 해봐야 병법서밖에 더 있겠나. 재미없는 책이지. 어쨌든 읽기는 하는데, 나중에 확인해 보면 암기는 영 젬병

이었어."

방야철이 의외라는 표정으로 웃었다.

"그랬습니까?"

따라 웃던 이청의 얼굴이 갑자기 진지한 표정으로 변했다.

"그런데 어느 날 장군 회의를 하는데, 막사 구석에서 차를 준비하던 이 꼬맹이가 갑자기 혼잣말로 뭐라고 중얼거리는 거야. 그리고 무심코 그걸 들은 우리들은 모두 충격에 빠졌지."

우공편이 처음으로 대화에 끼어들었다.

"무슨 말을 했기에 놀라셨습니까?"

"우선 그때의 상황을 알아야 하네. 적이 오운진(烏雲陣)으로 나서는데, 적 장수의 용병술이 기가 막힌지라 번번이 피해가 커지는 것에 대해 논의 중이었지."

오운진이란 까마귀가 일정한 규칙 없이 갑자기 모였다가 흩어지는 것처럼, 또 구름이 뭉게뭉게 피어올랐다가 사라지는 것처럼 고정된 전투 대형을 취하지 않고 임기응변으로 대처하는 진법이다.

대단한 능력의 전술가, 그리고 손발이 잘 맞고 기동력이 뛰어난 정예 부대가 있어야 가능한 진법이었다.

이청이 옛 기억을 떠올리며 흐뭇하게 말을 이어 나갔다.

"어찌나 신출귀몰하게 동에 번쩍 서에 번쩍하는지, 한쪽을 쫓다 보면 다른 부대가 뒤에서 나타나고, 때로는 옆구리를 파고들었지. 그렇다고 적을 소탕하러 나선 우리가 군영에 처박혀 있을 수도 없는 노릇이었고."

우공편이 흥미를 드러내며 말을 받았다.

"그럼 아군도 부대를 나눠 상대하면 되지 않겠습니까?"

"허허허, 우리도 그렇게 결론을 냈지. 근데 말이야."

이청이 천류영을 보며 말을 이었다.

"이 꼬맹이가 구석에서 찻물을 끓이며 혼잣말로 그러는 거야. '적이 그걸 노리고 있으면 각개격파당하지 않을까?'라고. 순간, 대장군을 비롯한 모든 장군들이 거의 동시에 몸을 떨었던 기억이 새록새록 떠오르는군."

"……."

"그러면서 이렇게 계속 중얼거리더라고, '내가 적 장수라면 그걸 노리고 오운진을 지금까지 펼쳤을 것 같은데…… 아무리 뛰어난 전술가라도 오운진을 계속 성공시키는 건 무척 어렵고 진이 빠지는 일이 분명할 텐데, 언제까지 지속할 수 있을까?' 하고."

방야철과 우공편이 천류영에게 시선을 옮겼다. 열 살도 되지 않은 꼬마가 그런 말을 했다니?

이청은 목이 컬컬한지 술을 연거푸 마시고는 천류영을 보았다.

"그때 대장군께서 너를 불러 물은 것을 기억하는지 모르겠구나. 네가 장군이라면 어떻게 하고 싶으냐고."

민망한 표정의 천류영이 어깨를 으쓱하며 말했다.

"예, 기억합니다. 조그맣게 중얼거린 건데, 그걸 들으셔서 꽤 놀랐지요."

우공편이 궁금증을 참지 못하고 급히 물었다.

"뭐라고 답했소?"

"저 같으면 똑같은 오운진으로 대항하겠다고 했습니다."

"잉?"

우공편은 맥 빠진 소리를 냈다가 대원수도 함께 있는 자리인 것을 상기하고는 표정을 수습했다.

"천 공자, 그건 하책이 아니오? 상대는 오운진의 대가요. 그런데 같은 오운진으로 맞서는 건 자살행위라고 생각하오."

이청이 씩 웃으며 검지로 우공편을 가리켰다.

"바로 그걸 노린 거네."

"예?"

"우리가 어설픈 오운진으로 맞서려고 하면 상대가 어떻게 나오겠는가? 오운진의 대가로서 자존심이 상하면서도 비웃겠지. 그리고 본때를 보여주겠다며 벼르게 되겠지."

"그, 그렇지요."

"그렇게 우리가 부대를 나누면 각개격파하겠다는 애초의 생각이 사라지고, 그 자리에 자존심이 대신 들어서게 되는 거네. 오운진의 대가로서 가장 멋진 승리를 장식하고 싶은 욕망이 들끓게 되는 거지. 허허허, 이 꼬맹이는 병법에 상대의 심리까지 정확하게 꿰뚫고 있었던 거야. 참나, 대장군뿐만 아니라 나나 모든 장군들이 혀를 내둘렀지."

방야철이 물었다.

"그럼 전투는 어떻게 진행됐습니까?"

"당연히 우리가 일방적으로 몰렸지. 우린 출몰과 변화가 자유로운 오운진에 익숙하지 못했으니까. 그렇게 우리 부대는 쪼개지고 흩어지면서 적에게 쫓겼다네."

"……."

"하지만 우리는 이미 정해진 동선을 따라 도망치는 척한 거였네. 곳곳에서 패해 도망치는 것 같았지만, 실상은 유인이었지. 승기에 취한 적 장수는 우리를 사납게 몰아쳤지만, 어느 순간 깨달았지. 모든 부대가 한곳으로 모이고 있다는 것을."

방야철과 우공편은 귀를 쫑긋 세우고 이청의 말에 빠져들었다.

"놈은 아차 싶었는지 부대를 다시 흩트리려고 했어. 끝까지 오운진을 구사한 거지. 뭐, 그땐 그 수밖에 없었겠지만. 하지만 그들에게 퇴로는 이미 사라진 상태였네. 오른쪽 산에 불을 질렀고, 왼쪽 골짜기에는 이천의 궁수를 매복시켜 두었으니까.”

우공편이 조심스럽게 물었다.

“뒤로 퇴각할 수 있지 않습니까?”

이청이 껄껄 소리 내 웃고는 천류영에게 말했다.

“마무리는 자네가 하지.”

천류영은 겸연쩍은 얼굴로 대꾸했다.

“아군이 오운진을 계속 실패했지만, 그것은 마지막을 성공시키기 위한 것이었습니다.”

“……?”

“전투 초반, 아군의 나눠진 부대 중 두 곳은 적에 쫓겨 뿔뿔이, 완전히 흩어져 도망쳤습니다. 적들조차 그렇게 확신할 정도로 확실하게 도망쳤지요.”

우공편이 고개를 갸웃거리다가 이내 신음을 흘리며 입을 열었다.

“으으음, 그 두 부대가 등장해 퇴각로를 막은 거군.”

이청이 손뼉을 짝, 치고는 대꾸했다.

“그렇지. 그야말로 오운진의 백미였지. 흩어진 까마귀 떼가 다시 모였고, 구름도 뭉게뭉게 뭉친 것이잖나? 허허허.”

방야철과 우공편은 기가 막힌다는 얼굴로 천류영을 보

았다. 사실 지금 오간 대화는 일견 간단하게 보이지만, 어마어마하게 대담하면서도 치밀한 작전이었다.

방야철이 피식 실소를 흘리고는 고개를 절레절레 저었다.

"천 공자, 자네는 과거의 추억담으로도 나를 놀라게 하는군."

"뭐, 운이 좋았던 겁니다. 사실 저는 그저 제 생각을 주저리주저리 떠든 것뿐인데 장군님들께서 그걸 계책으로 결정하는 것을 보고 심장이 떨어지는 줄 알았습니다. 괜히 입방정 떨었다가 꼼짝없이 죽게 되었구나 싶었지요. 승리할 거라고는 생각 못 했거든요."

우공평이 기가 막힌 표정으로 물었다.

"그럼 패할 거라고 생각했소?"

"아니, 그때는 승패나 결과와 상관없이, 그러니까 그것까지는 생각하지 못하고 그냥 과정이 이렇게 저렇게 흘러갈 것 같다고 얘기한 것뿐입니다."

이청은 즐거운 추억에 연신 웃었고, 방야철과 우공평은 계속 믿기지 않는다는 표정을 유지했다.

그때, 이청이 '아!' 하는 나직한 탄성을 내뱉으며 천류영을 보았다.

"자네를 보니 또 한 명의 천재 소년이 떠오르는군. 열서너 살이었나? 노예병의 장수였는데, 이름이 뭐였더라……. 이거야 원, 나이를 먹으니 기억이 가물가물하군. 하여간 내 평생 아직까지 무술에 그렇게 천재적인 녀석은 본 적이 없어. 비교할 수 있는 사람조차 없지."

천류영은 속으로 말했다.

천마검 백운회라고.

그러나 낭왕이나 우공평이 있는 이 자리에서 그를 언급하는 건 적당하지 않은 것 같아 침묵했다.

천류영이 아무 대꾸도 없자 이청이 입맛을 다셨다.

"자네도 기억나지 않나? 어린 데도 불구하고, 그것도 노예병인데도 부대에서 가장 유명했는데. 허허허, 몇몇 장군들은 어린 그의 재능을 시기할 정도였으니 말 다했지."

"기억은 나는데, 이름까지는 모르겠습니다."

"흐음, 우리가 배신자로 인해 쑥대밭이 되던 날, 그때 살아서 빠져나갔다면 분명 범상치 않은 인물이 되었을 텐데."

"……."

"무림인이 되었다면 천하제일인은 따놓은 당상이라고 얘기했었는데…… 정말 기억 안 나나?"

천류영은 어깨만 으쓱거렸다. 그러자 흥이 식은 이청은 술잔을 들었다. 그에 맞춰 천류영이 건배를 하며 화제를 돌렸다.

"장군님…… 아, 죄송합니다. 대원수님."

이청이 손사래를 쳤다.

"그냥 장군으로 불러라. 내 수하들이 있다면 모르겠지만, 지금은 그게 편하구나."

천류영이 고개를 끄덕였다.

"예. 그러니까, 이제는 여진족과의 전투에 대해 논의하고 싶습니다."

사람들의 눈이 빛났다. 특히 이청은 매우 흥미로운 기색으로 입술을 뗐다.

"생각해 둔 묘책이라도 있느냐?"

관심이 드러나는 얼굴이나 딱히 뭔가를 기대하는 것은 아니었다. 지난 사 년간 나름 해볼 것은 다 해봤다고 생각했으니까.

천류영이 자리에서 일어나 막사 한쪽에 걸려 있는 만주의 지도를 가져왔다. 방야철과 우공평이 눈치 빠르게 탁자 위의 안주들을 한쪽으로 정리했고, 천류영이 지도를 펼쳤다.

순간, 이청의 눈이 빛났다.

소리가 새어 나가지 않게 주변에 둘러쳐지는 기막.

그는 방야철을 보며 나직한 탄성을 흘렸다.

"이제 보니 생각보다 더 대단한 고수였군. 무공으로만 따져도 상장군 자리를 주어야겠어."

은근슬쩍 군부에 투신할 생각이 없느냐는 이청의 제안에 방야철이 쓴웃음을 깨물었다.

"강호무림에 인연이 많아서 어려울 것 같습니다."

"쯥, 아쉽군."

이청이 지도를 보자 천류영은 손가락으로 지도의 상단을 가리켰다.

차흘라이 산.

"저에게 삼천의 병력을 주신다면, 올겨울 그들과 이 산을 넘겠습니다."

이청, 방야철, 우공평의 눈이 화등잔만 해졌다.

이청은 '일만이 아니라 삼천?'이라며 중얼거리다가 신음을 흘렸고, 방야철은 침묵했다. 그리고 우공평은 벌떡 일어나 외쳤다.

"겨울에 그 산을 넘는다고? 자살행위요. 이곳의 겨울이 얼마나 혹독한지 모르니까 그런 말을 하는 거요."

천류영이 눈을 빛내며 대꾸했다.

"우 대주의 말마따나 모두가 불가능하다고 여기는 일입니다. 그렇기에 성공하면 겨울잠에 빠져 있는 여진의 허를 찌를 수 있습니다. 그들을 무너뜨릴 수 있습니다."

"천 공자!"

천류영은 이청을 보며 계속 말했다.

"북방에서 태어났거나 이곳에서 삼 년 이상 겨울을 경

험한 자들로 추려주십시오. 반드시 해내겠습니다."

우공평이 말도 안 된다며 손을 좌우로 흔들었다. 그러나 천류영은 거침없이 말을 이어 나갔다.

"이제 곧 부대의 삼 할이 겨울 휴가를 받아 중원으로 돌아가지요? 저는 그들과 함께 이동하다가 빠져나와 배를 타고 북해로 나갈 생각입니다. 배는 태감께서 준비해 두겠다고 하셨습니다."

이청의 신음이 깊어졌다.

"음……."

천류영이 북해의 한 지점을 손가락으로 짚으며 말했다.

"이곳에서 내려 열흘간 남진, 그리고 차흘라이 산을 넘는 데 사흘."

우공평이 실소를 노골적으로 뱉다가 말했다.

"산을 넘다 대부분 죽을 거요. 그리고 얼마 남지 않은 인원으로 수십만 여진을 치겠다고? 아무리 여진이 방심한 상태로 기습당한다고 해도 역부족이란 것을 정녕 모르겠소?"

천류영이 시선을 우공평에게 옮겼다.

"물론 그 모두를 상대하는 건 불가능합니다. 그리고 그럴 필요도 없습니다."

"……?"

"우리의 목표는 군량미입니다. 그럼 그들은 뿔뿔이 흩

어질 수밖에 없습니다."

"……!"

"여진족은 먹을 것을 부대의 가장 후방에 둡니다. 평소에는 경계가 철통같지만, 겨울엔 다릅니다. 우리는 삼천의 병력으로 충분히 공략할 수 있습니다. 무엇보다 어느누구도 우리가 차흘라이 산을 넘어올 거라고는 상상도 못할 겁니다."

아무도 입을 벙긋하지 못하는 가운데 천류영의 중저음이 이어졌다.

"짐을 최소화할 필요가 있습니다. 장군께서는 우리가돌아오는 길목, 그러니까 이곳과 이곳, 그리고 이곳에 육포를 묻어주십시오."

이청이 고개를 들어 막사 천장을 보다가 말했다.

"우공평 대주의 말처럼…… 북방의 추위는 혹독하다는말로는 부족하네. 차흘라이 산을 넘는 건 자살행위야."

천류영은 주장을 꺾지 않았다.

"장군님, 아직 어떤 부대도 시도하지 않았을 뿐입니다. 그리고 기록을 찾아봤는데, 그 주변의 소수민족들이 겨울에 차흘라이 산을 넘은 일이 제법 있었습니다. 그렇다면어느 정도의 내공을 가진 사람이라면 못할 까닭이 없습니다."

이청이 고개를 내려 천류영을 직시했다.

"좋아. 지독하게 어렵겠지만, 할 수 있을지도 모르지. 하지만 결국 가장 큰 문제는 체력이 극도로 저하된 시기라는 거야. 군량미를 어찌 태워 없애더라도 오천 리가 넘는 거리를…… 분노한 여진족의 추격을 과연 피할 수 있을까?"

방야철도 입을 열었다.

"나 역시 그게 가장 핵심일 거라고 생각하네."

천류영도 그것이 어렵다는 것을 인정한다는 표정으로 잠시 침묵하다가 답했다.

"분노는 순간이고, 현실의 고민은 깁니다. 그들은 없어진 식량과 흩어질 부대 문제로 우리에게 전력을 다할 수 없습니다. 그들의 추격을 며칠만 뿌리치면 됩니다."

"……."

"그리고 지금 밝힐 수는 없지만, 최대한 많은 병력을 보존해 돌아올 복안도 있습니다. 믿어주십시오."

이청은 우묵해진 눈으로 천류영을 보았다. 그는 한숨을 내쉬고 입술을 깨물기를 반복하다가 물었다.

"왜 그렇게까지 하려는 건가?"

"……."

"아무리 생각해도 성공할 확률이 지극히 낮은 작전이야. 그런데 왜 그렇게까지 무모한 짓을 하려는 건가?"

천류영은 말없이 어깨만 으쓱거렸다. 그러자 우공평이

신경질적으로 말했다.

"저 친구는 이상론자입니다."

이청이 그건 또 무슨 말이냐고 눈으로 물었다. 그러자 우공평이 말을 이었다.

"결국…… 백성을 위해서지요."

이청이 설마라는 얼굴로 천류영을 보았다. 그러자 천류영이 고개를 저었다.

"전혀 틀린 말은 아니지만, 요즘 들어 그것보다 더 중요한 이유가 있다는 것을 깨달았습니다."

우공평이 피식 웃었다.

"거짓말은……. 더 중요한 이유가 대체 뭐요?"

"다른 누구도 아닌 바로 저를 위해섭니다."

"……?"

천류영이 고개를 주억거리며 말했다.

"예, 저를 위해섭니다. 불의한 세상이 싫은 제 마음이 편하기 위해섭니다. 나중에 태어날, 사랑하는 제 아이가 조금은 더 나은 세상에서 살기를 바라는 마음에섭니다."

"……."

"소박하지만 절실한 이유입니다. 그리고 이렇게 소박하면서도 절박한 이유로 수많은 사람들이 현실의 역경과 싸우고 있음을 저는 알고 있습니다. 제가 무거운 짐을 지고 있다는 생각을 한 적도 있었는데, 그건 착각이고 오만이었습니다. 저는 거창하게 세상을 위해서가 아니라 저 자신을 위해 싸우고 있는 겁니다."

제13장
패왕의 별이 누군가에겐

1

깊은 새벽.

슬슬 술자리가 파할 때가 되자 이청이 궁금했던 것을 물었다.

"내가 사마 군사에게 듣기로는, 자네가 일만의 병력을 요구했다던데?"

천류영이 고개를 끄덕이며 화답했다.

"예, 그랬지요."

"그런데 자네는 아까 나에게 삼천이면 된다고 했어. 어느 쪽이 맞는 건가?"

방야철과 우공평도 궁금했다는 표정으로 천류영을 보았

다. 특히나 방야철은 또 중요한 얘기인 것을 간파하고는 즉시 주변으로 기막을 둘렀다.

천류영은 의뭉스러운 미소를 짓고 답했다.

"일만은 사람들의 이목을 끌 미끼입니다. 그리고 삼천은 장군께서 정말 믿을 수 있는 최측근과 함께 비밀리에 선발해 주십시오. 아까 말했듯이 추위에 강한 최정예로 말입니다. 그 삼천이 진짜니까요."

이청은 이맛살을 찌푸리며 생각에 빠졌다가 대꾸했다.

"공손빈 상장군이 데리고 있는 오천 별동대가 자네가 제시한 조건에 제일 맞아. 공손빈에게 별동대 중 삼천을 추리라고 할까?"

"음…… 그렇다면 별동대를 비밀리에 통째로 움직이는 것이 낫겠습니다. 괜히 삼천을 추려내다 정보가 새어 나갈 위험이 있으니까요."

이청이 약간 불쾌한 기색으로 말을 받았다.

"음, 조금 전부터 자네는…… 우리 군의 기밀 정보가 적에게 새어 나갈 수 있다는 뜻으로 말하는군."

군 내부에 간자가 있을 가능성을 천류영이 언급했다는 뜻이다. 이청의 불쾌해진 안색을 보며 방야철이 조심스럽게 입을 열었다.

"대원수께서 부리는 군사가 무려 팔십만입니다. 천 공자의 이번 작전은 기밀 중 기밀이니, 조심해서 나쁠 건 없지 않겠습니까? 돌다리도 두드리고 건널 필요가 있다 여겨집니다."

"끙! 그건 그렇지만……."

천류영은 반 정도 남아 있던 술잔을 비우고 말했다.

"장군님, 전장에서 삶과 죽음을 함께하는 전우를 의심하는 것이 얼마나 가슴 아픈 일인지 제가 어찌 모르겠습니까. 하지만 장군님, 그날을 기억하시지요? 십육 년 전, 내부의 배신자로 인해 무너지던 날 말입니다. 다상위 대장군께서도 불의의 기습으로 돌아가셨던 날."

이청의 얼굴이 단박에 굳어졌다. 그는 입술을 꾹 깨물고 낮은 신음을 흘리다가 말했다.

"무슨 말인지 알았으니, 이 얘기는 그만하지. 자네 뜻대로 해주겠네."

"고맙습니다. 하지만 기왕 얘기를 꺼냈으니 여쭙고 싶은 것이 있습니다."

"……?"

"그때의 배신자를 찾으셨습니까?"

이청은 굳은 표정을 천천히 풀더니 이내 장탄식을 흘렸다.

"후우우우, 당시 그럴 경황이 있었겠느냐? 대장군께서 피습되고 내부 여기저기에서 크고 작은 화재가 나던 상황이었다. 게다가 적들이 들이닥쳤으니……."

이청은 회한이 어린 얼굴로 눈을 감으며 아픈 표정을 지었다. 오랜 세월이 지났지만, 그날 밤은 아직까지도 생생한 악몽으로 기억되고 있었다.

천류영이 '역시 배후를 찾지 못했구나' 라는 표정을 지으며 말했다.

"당시 군영 내부에 불을 지른 자들은 사전에 군영 밖의 수많은 초소들을 무력화시켰던 것이 분명합니다. 그리고 그것이 가능했던 것은 번을 서던 사람들이 그자들을 경계하지 않았다는 뜻이지요. 모두가 잘 아는 인물이었을 공산이 큽니다."

이청은 잠시 뜸을 들이다가 말을 받았다.

"그렇지. 당연한 것이지만, 당시 살아남은 장수들끼리 그 사건에 대해 조사했고, 자네가 방금 말한 것과 같은 결론을 내렸지. 하지만 그날 밤 아쉽게도 불을 지른 자를 본 사람이 한 명도 없더군. 누군가가 한 명만 봤어도 정체를 알 수 있었을 터인데……. 아주 주도면밀한 놈들이야."

그는 새삼 분한 생각이 드는지 쥐고 있는 잔을 세게 움켜잡았다.

천류영은 그런 이청을 바라보며 말했다.

"장군님, 하나만 더 여쭙겠습니다. 장군님께서는 몽골과 여진, 거란의 세 이민족이 삼십 년 전, 거의 동시에 부족을 통합한 것에 대해 어찌 생각하십니까?"

이청의 미간이 깊어졌다. 그는 천류영이 왜 이런 질문을 하는지 의아한 기색으로 보다가 대답했다.

"많은 사람들이 이상하게 생각하고 있는 일이지. 기가 막힌 우연이니까."

"예, 저도 그렇게 생각합니다. 기가 막힌 우연이지요. 그런데 저는 우연을 별로 믿지 않는 편입니다. 그렇기에 이리 생각해 볼 수도 있다고 생각합니다."

"어떻게 말인가?"

"우연이 아니라 누군가가 뒤에서 그런 상황을 만든 건 아닐까 라고 말이지요."

이청의 눈이 화등잔만 해졌다. 그는 술이 확 깬다는 표정으로 천류영을 직시하다가 낮게 웃었다.

"허허허, 대체 어느 누가 그만한 힘을 가지고 있단 말이냐? 그럴듯한 추정이지만, 현실성이 없구나."

"몽골과 여진, 그리고 거란의 부족 중 가장 많은 세력을 거느린 지도자에게 전폭적인 금전 지원을 했다면 가능했을 겁니다. 게다가 양질의 무사를 몇 백 명 지원해 줬다면 금상첨화겠지요."

이청이 흠칫했다가 다시 웃었다.

"허허허, 한두 푼도 아니고, 거기에 그 정도의 무사까지 지원할 수 있는 곳이 대체 어디에 있다고?"

질문이 떨어지기 무섭게 천류영이 답했다.

"천하상회."

대륙의 부(富) 중 사 할을 가지고 있으며, 정예 호위무사의 인원만 일만 명이 넘는 단체.

이청의 눈가가 잘게 경련을 일으켰다. 그는 아연한 기색으로 술을 한 모금 마시고는 잠시 생각에 골몰했다. 그러더니 이내 침착한 기색으로 물었다.

"그들이라면 가능하겠지. 하지만 미쳤다고 그런 짓을 하겠느냐? 이유가 없지 않느냐? 발각되면 반역으로 몰려 구족이 몰살될 일을 왜 한단 말이냐?"

천류영이 엄지와 검지를 맞대 동그랗게 만들고는 답했다.

"전쟁은…… 돈이 되니까요. 그리고 그 돈은 쌓이는 만큼 힘이 되고요."

"아무리 그래도 그건…… 너무 터무니없는 비약인 듯싶구나."

"수많은 병장기와 화살. 어디 그뿐이겠습니까? 제가 입고 있는 군복도, 그때나 지금이나 모두 천하상회의 산하단체에서 만들더군요. 하긴 이 어마어마한 물량을 감당할 수 있는 조직은 그곳밖에 없긴 하지요. 또한 아까의 의문점 말입니다. 그날 밤 배신자들. 아시겠지만, 그때도 지금처럼 천하상회의 사람들이 보급품 때문에 일부가 군영에 거주하고 있지 않았습니까?"

"음……."

"천하는 전쟁으로 고통 받고 있지만, 덕분에 천하상회는 유례없는 호황을 누리고 있습니다."

"……."

"장군님도 기억하시겠지만…… 십육 년 전, 당시 북로동정군은 연전연승을 하고 있었습니다. 여진을 격파한 뒤에 북로중군이나 서군을 지원할 계획까지 미리 세웠던 것으로 기억합니다. 그리고 그건 곧 전쟁이 끝나는 것을 의미하는 것이지요."

그리되면…… 천하상회의 호황도 끝난다.

이청은 입술을 잘근잘근 깨물다가 고개를 저었다.

"아무리 돈을 최고라 여기는 장사치라고 해도 나는 그 생각만큼은 받아들이기 어렵구나. 돈을 벌겠다고 전쟁을 일으킬 생각을 하다니……."

이청은 말꼬리를 흐리며 이맛살을 찌푸렸다.

전쟁이 일어나는 이유는 다양하다. 민족 간의 대립이나 종교 문제 혹은 정치적 이유 등등. 그러한 여러 이유 중 큰 부분을 차지하는 것이 소수 권력자들의 부를 향한 탐욕 때문인 것을 알고 있기 때문이었다.

그가 속으로 '설마?'라는 의혹을 갖는데, 천류영이 묘한 미소를 머금으며 선선히 물러났다.

"예. 저도 장군님처럼 과한 생각이라고 생각합니다."

이청은 천류영이 엄청난 얘기를 내뱉고 나서 너무 순순히 물러나자 의아한 표정을 지었다. 하지만 이내 쓰게 웃었다.

천류영이 자신에게 숙제를 내준 것이다.

십육 년 전, 그날 발생한 일에 대해 다시 조사를 해보라고.

세월이 너무 많이 흘렀지만, 천하상회란 명확한 용의 세력을 두고 조사한다면 뭔가 나올지도 모르니까. 물론 아무것도 못 찾을 수도 있고.

이청은 천류영의 빈 잔에 술을 따라 주며 물었다.

"너는 비원에 대해 알고 있구나."

천류영이 빙그레 웃었다.

"장군님도 알고 계시는군요. 하긴 대원수시니까요."

"네 말은…… 천하상회와 십천백지가 수십 년 전부터 이런 일을 계획하고 움직였다는 거지? 이민족들을 지원해서 전쟁을 획책하고, 그로 인해 거대한 부를 축적하는 짓거리를……."

"아직 확증은 없습니다. 그저 심증뿐이지요. 국내외의 돌아가는 상황을 살피고, 그로 인해 가장 많은 이익을 얻은 세력이 누구인가를 살펴본 후에 얻은 심증이라고 할까요?"

이청은 잠시 침묵하다가 입을 열었다.

"물론 욕망이란 것이 더 큰 탐욕으로 이어지기 쉽다는 건 안다. 하지만 그들은 이미 오래전부터 강호무림을 사실상 장악하고 상당한 권력과 부를 누리고 있었다. 충분하다 못해 넘칠 만큼!"

기함한 표정으로 숨을 죽이고 있던 우공평이 의견을 개진했다.

"천 공자, 내 생각도 대원수님과 같네. 자네의 의심은 과해. 세상에서 황제 폐하 못지않은 권력과 부를 누리던 이들이 왜 그런 미친 짓을 하겠나?"

방야철도 진중한 표정으로 동의했다.

"누리고 있는 것을 다 잃을 수도 있는 도박을 과연 그들이 하겠나?"

천류영은 세 사람의 잔에 술을 차례차례 따르고, 자신의 잔에도 술을 채웠다.

"제 상상이 과했다면 죄송합니다. 저 역시 세 분의 말씀에 공감하니까요. 그들은 오랜 세월 권력과 부를 누리며 살아왔지요. 맞습니다. 그러니 굳이 위험한 일을 획책할 이유도 없고요. 그런데 말입니다."

"……?"

"갑자기 그럴 만한 이유가 생겼을 수도 있지 않을까요? 그래서 그런 상상을 한 겁니다."

사람들의 눈에 기광이 번뜩였다. 방야철이 급히 물었다.

"어떤 이유가 생겼단 말인가?"

천류영이 담담한 어조로 답했다.

"북녘 하늘, 은하수 위로 붉은 별이 떴습니다. 패왕의 별."

갑작스럽게 튀어나온 말에 세 사람의 눈이 가늘어졌다. 천류영은 그들을 번갈아 보며 말을 이었다.

"어지러운 강호를 구하고 구주팔황을 일통할 영웅이 탄생한다는 전설의 별이 뜬 것이지요."

"……."

"그 별의 의미가 무엇이겠습니까? 기존의 세상이 끝나고, 새로운 세상이 펼쳐질 거란 뜻 아니겠습니까? 즉, 기존에 강호무림을 지배하고 있던 세력에게는 패왕의 별이 몰락의 징조가 되는 것이지요. 패왕의 별이라는 어떤 놈이 나타나 자신들이 누리고 있는 것을 빼앗아간다는 예언이 되는 겁니다."

방야철은 입을 벌리고 있다가 고개를 끄덕였다.

"그, 그렇군. 기존의 지배자는…… 패왕의 별을 그렇게 해석할 수 있겠어. 누군가가 패왕의 별이 된다는 건, 일통한 강호무림의 모든 힘을 쥐게 된다는 뜻이니까…… 기존의 지배자에게는 아주 큰 위협으로 느껴질 수밖에 없어."

방야철은 손바닥으로 자신의 머리를 한 대 툭, 쳤다. 누군가가 패왕의 별이 될 거란 생각만 했지, 그것이 기존

세력에게 어떤 의미인지 생각해 본 적이 없어서.

천류영이 말을 받아 이었다.

"그렇기에 기존의 지배자는 둘 중 하나를 선택할 수밖에 없습니다. 첫째, 판을 크게 키우고 스스로 패왕의 별로 등장하는 것. 둘째, 어떤 인물이 패왕의 별이 되면 그와 거래를 하는 방법. 아무래도 후자보다는 전자가 낫겠지요. 후자는 이익을 나눠야 하니까. 자칫 패왕의 별에 먹힐 위험도 크고."

우공평이 불쑥 끼어들었다.

"잠깐. 다 이해하겠는데, 왜 판을 키운다는 생각을 하오? 처음부터 강력한 힘으로 등장해 천하를 장악할 수도 있지 않소? 쓸데없이 경쟁자가 될 수도 있는 세력들을 성장하게 두면서 판을 키운다는 것이 이해가 되지 않소."

방야철이 기가 막힌다는 표정으로 술을 벌컥벌컥 마시고는 천류영 대신 답했다.

"우 대주, 그 의문은 제가 답해 드릴 수 있을 것 같소. 그렇게 판을 키워서 거대한 전쟁이 일어나야 하기 때문이오. 그만한 전쟁에서 최후의 승자가 되어야 패왕의 별이라 인정받을 수 있으니까. 그렇지 않다면…… 세상은 아직 진정한 패왕의 별이 등장하지 않았다고 여길 테니까."

천류영이 빙그레 웃고 동의했다.

"저도 그렇게 생각합니다. 이미 정파의 전성기를 오래 누리고 있는 상황에서 그 정파의 일원으로 등장해 사오주나 마교등 여러 세력을 각개격파해 봐야 패왕의 별이라는 호칭은 얻기 힘듭니다. 지속되는 혼란을 종식시켜야 의미가 있는 것이지요."

그제야 우공평이 고개를 끄덕였다.

"아! 그렇군. 흐음……. 그렇다면 정파 쪽에서 패왕의 별이 탄생하려면 승승장구하면 안 되겠군. 거의 쫄딱 망했다가 누군가가 구세주로 등장해야 인정을 받을 수……."

우공평은 말을 끝맺지 못하고 불현듯 뇌리를 스친 작금의 현실에 눈을 치켜떴다. 그는 침을 삼키고 말했다.

"그, 그럼 지금 정파가 마교나 사파에 얻어터지면서 무너지는 게……."

천류영이 고개를 끄덕였다.

"예. 기존의 지배자들, 즉 천하상회와 십천백지가 그렇게 방치한 거라고 생각합니다."

방야철은 불현듯 떠오른 생각을 다른 사람의 말로 듣게 되자 자신도 모르게 신음을 흘렸다. 우공평은 충격에 빠져 외치듯 말했다.

"말도 안 돼!"

"그래서 그들은 마교의 천마검이 혁혁한 전공을 세우며

새외 지역을 휩쓸 때에도 정보를 차단했을 겁니다. 정파가 오만함에 취하도록 방치한 것이지요. 사오주가 완전히 몰락할 지경에 처하자 오히려 막고 나서기도 했을 테고요. 그리고 어쩌면…… 배교의 존재도 파악하고 있었을 공산이 큽니다. 혼란이 닥쳐오고 그로 인해 정파에 어려운 때가 도래하길 기다리면서."

천류영의 말에 세 사람은 소름이 돋는다는 표정으로 팔을 쓸었다.

패왕의 별이 뜨고 나서 그 수십 년의 세월.

기존의 지배자가 그리 오랜 세월 동안 치밀하게 움직이며 자신의 입맛에 맞게 세상을 조종했다니!

방야철이 고개를 절레절레 젓고 말했다.

"그러기 위해서 상당한 자금이 필요했겠군."

우공평이 말을 받았다.

"천하상회의 수뇌부는 잘 모르지만, 내가 본 십천백지의 몇몇 천존들은 그렇게까지 심계가 깊어 보이지는 않았는데……. 그럼 천 공자 자네는 이 모든 계획의 배후를 천하상회라고 생각하는 거요?"

천류영은 고민스러운 표정으로 잠시 침묵하다가 답했다.

"저는 천하상회와 십천백지의 공모라고 생각하고 있습니다. 어쨌든 천하상회는 재화를, 십천백지는 무력을 담당하고 손을 잡은 것이니까요. 서로의 기득권을 유지하기 위해서."

우공평이 말을 받았다.

"그렇긴 한데, 십천백지 중 벌써 네 개의 하늘이 무너졌소. 그리고 그들은 허명에 취해 있던 정파인들처럼 오만하고 광오했소. 그뿐 아니라 천마검이란 인물에게 세 명의 천존이 당했소. 이래서야…… 지금껏 천 공자가 한 말과는 좀 다르지 않소?"

천류영이 소리 없이 웃다가 답했다.

"아마 그들도 당황하고 있을 겁니다. 천마검이란 괴물 때문에 말이지요."

"……."

"그리고…… 저도 십천의 천존을 경험하지 않았습니까? 그러면서 생각한 건데, 십천백지도 진짜배기와 쭉정이가 있는 것 같습니다."

우공평이 눈살을 찌푸리며 물었다.

"진짜와 가짜가 있단 말이오?"

"예. 십천백지의 고수들이 쟁쟁하다는 것을 부인할 생각은 없습니다. 하지만…… 그들 중에서 처음부터 이런 계획을 천하상회의 수뇌부와 공모한 이는 한 명이나 많아야 두세 명? 어쨌든 극소수일 겁니다. 그리고 그는 다른 십천백지의 동료들보다 훨씬 뛰어난 무력을 가진, 아마 진짜 무시무시한 절대고수일 것 같습니다."

"……!"

"그는 지금 자신이 등장할 시기를 저울질하며 간을 보고 있을 겁니다. 거대한 흑막은 전혀 모른 채 그저 자기 잘난 맛에 사는 십천백지의 동료들을 세상에 내보내면서 말입니다."

잠시 좌중에는 말이 없어졌다.

비록 무림의 일이라고는 하나 이청과 우공평도 심각한 표정을 지었다.

상인 세력과 무림 조직이 그들이 가진 힘으로 나라를 어지럽게 만들었기 때문이다. 물론 천류영은 자신만의 상상이라고 미리 선을 그었지만, 듣다 보니 그럴 가능성이 결코 낮지 않다는 생각이 든 것이다.

이청이 술잔을 들며 천류영에게 말했다.

"나에게 이런 얘기를 꺼낸 건, 단순히 십육 년 전의 배후를 찾자는 것이 아니었군."

천류영이 정색하고 고개를 주억거렸다.

"예, 장군님께서 그날 일을 조사하실 생각이 있다 해도 쉽지 않을 겁니다. 세월도 많이 흘렀거니와, 그 배신자들은 철두철미하게 증거를 지웠을 테니까요."

"그렇겠지."

"그렇다면 과거보다 현재를 조사하는 것이 더 낫다고

생각합니다."

"어떻게 말인가?"

"제 작전 계획을 일부 흘려보는 건 어떻겠습니까? 진실과 거짓을 섞어서."

이청의 우묵한 눈매가 더욱 깊어졌다.

"이곳에 들어와 있는 천하상회 사람에게 말이군."

"예. 그럼 제가 작전 중에 알게 될 겁니다. 그 정보가 적에게 넘어갔는지 아닌지 말이지요."

잠시 후, 술자리가 파했다.

방야철은 막사로 돌아와서 한참 생각에 잠겼다가 옆에 있는 이불 속으로 들어가는 천류영을 보며 입을 열었다.

둘은 같은 막사를 쓰고 있었다.

"천 공자, 만약 천하상회가 자네 예상처럼 군부를 농락한 배신자라고 하더라도…… 처벌하기 쉽지 않을 거네. 이번에 자네가 흘린 가짜 정보가 여진족에 흘러 들어간다고 해도 천하상회가 끝까지 모르는 일이라고 잡아떼면 어쩔 수 없어. 그들은 힘이 있으니까. 명확한 물증을 찾아내지 못하는 이상 그들을 처벌하긴 힘드네."

천류영이 춥다는 듯이 손을 교차해 팔뚝을 문지르며 화답했다.

"하하하, 그렇지요."

"응?"

"당연히 천하상회라는 황금 제국을 심중만으로 무너트릴 수는 없습니다. 다만, 우리의 의심이 사실로 드러나면 군부가 경계하게 될 겁니다. 또한 태감도 마찬가지고요. 그렇게 여러 권력들이 천하상회의 운신의 폭을 제한할 수 있다면, 그것으로 충분합니다."

"……."

"금권은 정말이지, 상대하기 껄끄러운 무시무시한 힘이니까요. 지금의 저는 아직 그들을 상대할 수 없습니다. 상대할 적이 지금도 너무 넘치니까요."

순간, 방야철이 몸을 부르르 떨었다. 그러고는 천류영을 뚫어지게 보며 침을 꼴깍 삼켰다.

"자, 자네…… 설마?"

천류영이 빙그레 웃고 말했다.

"역시 방 대협이십니다. 예. 그 설마가 맞는 것 같습니다."

그러더니 이불을 얼굴 위로 덮으며 말을 이었다.

"피곤해서 저 먼저 자겠습니다. 방 대협도 어서 주무십시오."

그러나 방야철은 기가 막힌다는 표정으로 이불 속으로 사라진 천류영을 보다가 껄껄 웃었다. 그러고는 다시 고개를 절레절레 저었다.

"자네는 정말 무서운 사람일세."

이불 속에서 천류영이 볼멘소리를 냈다.

"뭐, 수백 년을 뒤에 숨어서 세상을 제멋대로 쥐락펴락한 죄를 생각하면, 그 정도의 징계야 대수겠습니까?"

"그건 그렇지만…… 그렇다고 천하상회가 여진족에게 자네의 정보를 흘리지 않아도…… 흘렸다고 대장군께 말할 생각은 너무한 것 아닌가?"

그랬다.

천류영은 방야철의 말처럼 할 생각이었다.

즉, 천하상회는 어떤 선택을 하든, 군부를 포함한 많은 권력 집단으로부터 집중 견제와 감시를 받게 될 것이다. 그리고 그건 십천백지의 숨어 있는 실력자의 행보에도 적지 않은 차질을 주게 될 것이리라.

천류영은 낮게 코를 골며 벌써 잠에 빠져들었다.

방야철은 피식 웃고는 혼잣말했다.

"하하, 기가 막히는군. 천하상회라는 거대 세력을 말한마디로 판에서 제외시켜 버릴 생각을 하다니. 자넨 진짜 괴물일세."

2

절강성 항주.

구름이 많아 달도 보이지 않는 컴컴한 새벽이었으나 환락로는 처마마다 줄줄이 걸린 청등과 홍등으로 인해 밝았다.

여기저기 취객들이 비틀대는 거리.

눈 아래를 면사로 가린 독고설은 환락로의 중앙에 위치한 거대한 비석 바위 앞에 서 있었다.

그 비석 바위는 천류영이 왜적을 몰아내고 세운 것으로, 어려운 시절 민초를 위해 희생한 의협지사들의 이름이 빼곡하게 음각되어 있었다.

내공을 이용해 어둠을 뚫고 그 이름을 하나하나 훑던 독고설은 갑자기 피식 실소를 흘렸다. 옆에 있던 풍운이 물었다.

"누님, 왜 웃어요?"

독고설이 입술을 꾹 깨물고 잠시 침묵하다가 어깨를 으쓱거렸다.

"그분 이름이 없어서."

"……."

"사람들은 이 바위를 무림서생비(武林書生碑)라고 부른다잖아. 그런데 정작 그분 이름은 없어."

사실 그녀의 말은 억지였다.

여기에 음각되어 있는 이들은 올봄 왜구와 싸운 무사들의 이름을 기록한 건 아니니까. 그랬다면 자신들의 이름도 음각되어 있어야 했다.

하지만 풍운은 굳이 반박하지 않았다.

독고설은 천류영이 그렇게 떠난 후, 모든 것을 그와 연관시켰으니까. 그러면서 힘겹게 버티고 있는 걸 알고 있었다.

사실 풍운은 독고설이 이해되지 않았다. 그렇게 천류영을 그리워하면서도 그를 만나기 위해 떠나지 않는 그녀가. 물론 천류영이 부탁한 일 때문이라는 핑계가 있긴 하지만, 그건 빙봉과 믿을 만한 동료들에게 맡길 수도 있을 터였다.

그러다가 요즘 들어 이해가 갔다.

백성들은 천류영이 떠난 사실에 걱정하고 두려워했다. 그런데 최측근인 자신들까지 이곳을 떠난다면 백성들은 오판을 하고 다시 봉기할지도 모르는 것이다.

상대가 관(官)이든, 아니면 무림맹 총타든 들고일어날 것이다. 천류영을 돌려 달라고, 그의 생사를 확인하겠다고.

그렇기에 천류영의 최측근인 자신들은 당분간 이곳을 지켜야 했다. 천류영이 머지않아 돌아올 거란 신호를 주면서 그의 안전을 알릴 필요가 있었다.

특히나 천류영의 연인이라 알려진 독고설이 의연한 모습을 보여주는 것은 매우 중요한 부분이었다.

그래서 풍운은 독고설이 더욱 안쓰러웠다.

독고설은 바위에서 눈을 떼고 거리를 훑었다.

"여긴 변한 게 없는 거 같네. 흥청망청……."

풍운이 쓴웃음으로 고개를 저었다.

"아니, 많이 변했죠. 반년 전까진 날이 밝으면 변사체가 몇 구씩 나왔는데, 지금은 그런 사고는 없으니까요. 홋, 하늘도 버린 절강성이 이제는 세상에서 가장 안전한 곳이 되었으니…… 수장이 얼마나 중요한지 다시 한 번 느꼈어요."

독고설이 엷은 미소로 고개를 끄덕이다가 입술을 깨물었다.

"그렇지. 이곳은 이렇게 안전해졌는데, 정작 그분은 왜 그렇게……."

그녀가 입술을 부들부들 떨면서 말을 끝맺지 못했다. 풍운이 안쓰러운 표정으로 입을 열려다가 관뒀다.

어설픈 위로는 하지 않는 게 나으니까. 그녀는 지금껏 그래왔듯 스스로 감정을 추스를 테니까.

독고설은 잠시 후 눈가의 이슬을 닦고는 풍운에게 웃음을 보였다.

"미안. 아직도 간혹 감정을 주체하기가 힘들 때가 있네. 너도 그분에게 섭섭한 거 많을 텐데."

풍운은 어깨만 으쓱거렸다. 독고설이 풍운의 어깨를 가

법게 토닥거리고는 말을 이었다.

"왠지 그분은 지금 네 상태를 미리 예견하고 있던 것 같아. 그래서 너를 기다리지 않고 낭왕 대협과 떠났다고 생각해. 너에겐 시간이 필요할 거라 보고 말이지."

그녀의 송곳 같은 지적에 풍운이 움찔했다.

사실 지금 풍운은 심마(心魔)에 빠져 있었다. 자신이 철석같이 믿어온 무공의 길이 엉망진창으로 꼬여 버린 것이다.

그날, 천마검 백운회와 칼을 겨룬 후로.

천마검을 가상의 적이라 생각하는 순간, 몸과 마음이 얼어붙었다. 당최 어떻게 움직여야 할지 깜깜했다.

그 무력감을 극복하기 위해서 명상도 하고, 아무렇게나 검을 휘둘러보기도 했다.

하루 종일 녹초가 될 정도로 달려보기도 하고, 일 초식, 일 초식 전력을 다해 무공을 펼치기도 했다. 하지만 그럴수록 더 깊은 늪으로 빠져드는 것 같았다.

천마검이 말한 삶의 무게, 처절함, 혼(魂).

대체 어떻게 해야 그것들을 칼에 담을 수 있는 걸까?

이제는 칼을 들어도 좀처럼 휘두를 수 없는 지경에 이르렀다.

독고설은 그런 풍운을 위로했다.

"너무 초조해하지 마. 무림사를 통틀어 전례가 없는 천재가 너잖아. 겨우 스물한 살에 절대고수라니. 호호호, 반칙이라고, 그거."

"형(形)만 성취한 거잖아요. 진짜 절대고수는 아니라고요."

독고설이 어이없다는 표정으로 눈을 흘기며 주먹으로 풍운의 가슴을 툭, 쳤다.

"양심 좀 있어라. 그 나이에 그런 경지면서 염치가 없어. 너는 이제 좀 천천히 가도 돼."

풍운의 쓴웃음이 짙어졌다. 천마검의 말이 떠오른 것이다. 처절함이 없다는, 그저 하늘이 내려준 재능에만 머물러 있다는.

그는 독고설에게 지금껏 인생의 대부분을 절박함 없이 살아왔다고 대꾸하려다가 말았다. 그런 말을 해봤자 돌아오는 건 결국 '기가 막혀. 그래, 너 잘났다!' 라는 핀잔밖에 없을 테니까.

풍운은 답답한 마음에 고개를 들어 까만 하늘을 올려다보았다.

'천재는…… 너무 고독해.'

다른 사람들이 들으면 기함하며 욕을 퍼부을 속내였다. 하지만 풍운에겐 절실한 고민이었다.

너무 우울해 보이는 그의 표정에 독고설이 화제를 돌렸다.

"그나저나 수화(水花) 황보연하고는 뭐야? 네가 그녀하고 사귄다는 풍문이 있던데."

풍운은 어이없다는 표정으로 독고설을 흘낏 보고는 고개를 절레절레 저었다.

"하여간 별 이상한 소문이 여기까지 흘러들었나 보네요."

"그냥 소문일 뿐이야?"

"전 이해를 못하겠어요. 황보 소저하고 며칠 같이 있었을 뿐인데, 왜 그런 소문이 나는지. 애인 사이는 무슨. 참나."

풍운은 귀찮다는 기색으로 그녀를 떠올리다가 곧 짠한 표정이 되었다. 무림맹 총타를 떠나 항주로 귀환하는 길까지, 찰거머리처럼 자신을 따라오던 그녀였다.

그러다 객잔에서 황보세가가 포함된 무림맹의 지원군이 전멸에 가깝게 와해됐다는 소식을 접했다. 하지만 풍운은 천류영이 걱정되는 상황이라 하얗게 질린 얼굴로 자신과 함께 총타로 가주길 간절히 바라는 그녀의 눈길을 외면할 수밖에 없었다.

"에이, 죽엽청이라도 사 줄걸."

황보연이 무쌍검을 넘겨주는 대가로 죽엽청이나 한 번 마시자고 했던 말이 가시처럼 심장에 박혀서 영 나올 생각을 하지 않았다.

독고설이 계속 의심스러운 눈빛으로 쳐다보자 풍운이 손사래를 쳤다.

"정말 아무 사이도 아니에요. 그녀는 정말 제 취향이 아니라고요."

"풋, 하긴 세상의 어떤 여자가 네 마음에 차겠어? 그런 의미로 보면 신은 공평해."

"예?"

"신은 너에게 천부적인 무공 재능은 선물했지만, 아름다움을 보는 눈은 주지 않은 거지. 내 장담하건대, 너는 평생 노총각으로 살다가 죽을 거야."

"아니, 어떻게 그런 악담을 해요?"

장난스러운 말다툼이 이어지려는 때에 일남일녀가 그들에게 접근했다.

챙이 넓은 모자를 쓴 여인, 수란 하오문주가 나직하게 말했다.

"두 분은 여전히 사이가 좋으시네요. 제가 늦은 건가요?"

달포마다 하오문으로부터 정보를 건네받는 만남의 자리였다. 천류영 대신 독고설이.

독고설이 고개를 숙이며 화답했다.

"아뇨. 가슴이 답답해서 바람 좀 쐴 겸 일찍 나온 거예요. 그동안 잘 지내셨나요?"

"호호호, 세상이 어수선하니 나처럼 정보로 먹고사는 사람은 정신없이 바쁘죠."

그녀는 웃으며 말하다가 살짝 아미를 찌푸렸다. 검봉의 수척해진 얼굴이 짠했다.

독고설이 고개를 끄덕이다가 수란의 호위를 보며 눈을 빛냈다.

"못 보던 분이네요. 그리고 상당한 고수시군요."

그녀의 말에 수란이 어깨를 으쓱거리며 기분 좋은 미소를 머금었다. 강호의 유명한 인물로부터 사문의 무인을 칭찬받는 일은 극히 드문 일이었기에.

그녀는 독고설과 나란히 걸으며 입을 열었다.

"검봉의 실력은 볼 때마다 일취월장하는 것 같네요. 그냥 보는 것만으로도 간파할 정도라니. 자랑 같아서 쑥스럽긴 하지만, 제가 본 문에서 가장 믿는 실력자예요. 이 사람이 곁에 있으면, 저는 누구와 만나더라도 두렵지 않고 당당하답니다."

수란이 고개를 돌려 뒤따라오는 호위 사내에게 눈짓을 했다. 그러자 그가 살짝 고개를 숙이며 독고설에게 목례를 했다.

"하일(下一)이라고 합니다."

그의 정체는 십천백지 중 칠천의 일지였던, 폭혈도와 벗이 된 사내였다. 하일이란 이름은 하오문의 '하' 와 일지의 '일'을 따서 수란이 붙여준 것이고.

그는 독고설에게 인사하면서도 눈은 자신의 옆에 있는 풍운에게 고정되어 있었다. 풍운이 시선을 느끼고 그를 마주 보며 왜 보느냐며 눈으로 물었다.

그러자 하일이 담담하게 말했다.

"절대고수군요."

그의 말에 수란의 눈이 동그래졌다. 충격에 빠진 표정이었다.

초절정고수로 알고 있었는데?

풍운의 눈이 깊어졌다. 그러나 표정은 싱글거리며 하일을 향해 말을 건넸다.

"대단하시네요. 그냥 보는 것만으로 경지를 파악하시다니."

이건 독고설이 하일을 고수라 파악한 것과는 다른 의미였다. 반박귀진을 훌쩍 뛰어넘은 절대의 경지라는 것은 사실상 평범한 사람처럼 보이기 때문이었다.

풍운이 절대고수임을 선선히 시인하자 수란은 혀를 내둘렀고, 하일은 담담하게 대꾸했다.

"당신과 같은 절대고수를 많이 봐왔으니까요."

웃던 풍운의 얼굴이 굳었다.

무림인이라도 절대고수를 만나는 것은 사실상 불가능에 가까울 정도로 드문 일이다. 그런데 이 하일이라는 사람은 절대고수를 많이 봐왔다고?

하오문에 그런 고수가 여럿 있단 말인가?

믿기지 않는 말에 독고설까지 의아한 표정을 지었다.

결국 수란이 쓴웃음을 깨물었다.

"검봉, 그리고 풍운 소협, 나중에 설명할 기회가 있을 거예요. 어쨌든 본 문에 절대고수가 있을 거라는 억측은 하지 말아요. 그랬다면 본 문이 이렇게 음지에서 활동하지 않았을 테니까. 우리도 패왕의 별이 될 욕심을 냈겠지."

그러고는 다시 뒤에서 따라오는 풍운을 흘낏 보았다.

저 나이에 절대고수라니, 한숨이 절로 나올 지경이었다. 그의 나이 서른, 마흔, 쉰 살이 되었을 때, 과연 어떤 경지에 올라서 있을까 감도 잡히지 않았다.

어쩌면…… 이 청년이 패왕의 별이 될지도 모르겠다는 생각이 언뜻 뇌리를 스쳤다.

한편, 계속 하일을 보며 걷던 풍운이 말을 건넸다.

"하일 호위께서는 초절정이십니까?"

하일은 한참 침묵하며 걷다가 답했다.

"전에는 그렇게 생각했는데, 요즘은 잘 모르겠습니다."

앞에서 걷는 수란이 쓰게 웃으며 고개를 돌려 말했다.

"굳이 숨길 필요가 없는 사이라고 생각해."

하지만 하일은 그런 게 아니라는 표정으로 고개를 젓고

는 대꾸했다.

"사실 절정, 초절정, 그리고 절대. 이 최상승의 경지들은 경계가 모호합니다. 절정고수가 명상이나 실전에서 어떤 무리(武理)의 깨달음을 얻었다고 치죠. 그럼 그로 인해 초절정이 되었다고 확신할 수 있을까요?"

"……"

"검강을 만들어낼 수 있는 절대고수가 있다고 해도 마찬가지입니다. 절정고수가 만년설삼 같은 영약을 얻는 행운으로 심후한 공력을 갖는다면, 검강도 얼마든지 만들어낼 수 있으니까요."

수란이 멋쩍게 웃었다.

"그런 건가? 그 정도의 경지에 오른 인물이 사문에는 없으니……"

하일이 마무리 설명을 했다.

"그렇게 절정 이상의 경지는 정확하게 판단하는 것 자체가 사실상 불가능합니다. 그런데 인간은 모호함을 싫어하지요. 그래서 검기나 검사의 정도, 검강의 가능성 여부를 놓고 억지로 체계화시켰습니다. 그렇게 해놓아야 왠지 마음이 편한 겁니다."

풍운이 하일을 뚫어지게 바라보며 맞장구를 쳤다.

"저도 그렇게 생각해요. 무공의 경지고 뭐고 간에 결국은 싸움. 그리고 싸움은 직접 붙어봐야 진짜 실력을 아는 거니까요."

그들은 어느새 환락로를 빠져나와 인적이 없는 논길로 들어서고 있었다.

약간은 쌀쌀한 바람을 느끼며 수란이 입을 열었다.

"검봉, 당신들의 예상처럼 문상 야월화가 자리를 비운 것을 확인했어요. 다만, 그녀의 목적지가 어디인지는 몰라요. 그것까지는 무리였어요."

독고설의 낯빛이 어두워졌다. 그녀는 확 트인 사방을 천천히 훑으며 말했다.

"빙봉 언니의 예측처럼 마교의 수석 군사 마갈을 만나려는 걸까요?"

수란이 바람을 쐬며 천천히 걷다가 대꾸했다.

"확신할 수는 없지만, 저희 쪽도 그럴 가능성이 높다고 보고 있어요. 마교와 사오주가 겨울에 동맹하는 일이 생긴다면……."

수란은 말꼬리를 흐렸다.

정파가 어려운 지경에 몰린다는 것은 굳이 부연 설명이 필요 없는 일이었다.

독고설과 수란은 그런 천하의 정세에 대해 얘기를 나눴고, 조금 지나서는 전(前) 무림맹주 검황의 몰락에 대해서도 의견을 교환했다.

전투 중 전장을 이탈한 그의 비겁한 행위에 정파인들은

모두 분개하고 있었다. 게다가 제갈천 총군사가 그날의 무모한 작전도 검황이 밀어붙인 거라고 토로했다.

마지막으로 과거의 그가 화선부에 저지른 추잡한 짓까지 세상에 알려지면서 불에 기름을 붓는 형국이 되었다.

검황과 산동 단씨가는 그야말로 바닥이 보이지 않을 만큼 철저하게 추락하고 있었다.

수란이 갑자기 묘한 눈웃음을 치더니 말했다.

"그런데 말이에요, 저는 검황이 그날 전투에서 빠져나간 이유가 천마검 때문인 것 같아요."

그녀의 말에 독고설과 풍운의 눈이 화등잔만 해졌다.

수란의 말이 이어졌다.

"그날 적진 한가운데 고립됐던 검황을 구해낸 의문의 사내가 그가 아닐까 생각해요."

독고설이 의문을 표했다.

"천마검이 무림맹 총타를 빠져나와 그곳에 당도하기에는⋯⋯."

풍운이 그녀의 말허리를 끊었다.

"그 사람은 가능해요."

"그래? 하긴 그 사람이라면⋯⋯."

"예. 천마검이라면⋯⋯."

풍운은 자신의 말을 멈추고 눈살을 찌푸렸다. 그 표정이 갑자기 심각해져서 독고설이 왜 그러느냐고 물으려는

데, 풍운이 검지를 제 입술에 붙이며 '쉿!' 했다.

그리고 잠시 후, 하일이 낮게 말했다.

"살수들입니다."

독고설과 수란의 얼굴이 굳어지는 가운데, 풍운이 입을 열었다.

"백여 명. 완전히 포위됐어요. 젠장, 지독하게 멀리서부터 포위망을 구축해서 눈치를 못 챘어요. 은신술도 상당하고."

수란이 딱딱해진 얼굴로 침을 삼키다가 독고설에게 미안하다는 표정을 지었다.

"본 문이 여러 곳의 기밀 정보를 많이 빼내다 보니 누군가의 심기를 건드렸나 보네요. 미안해요."

"아뇨, 괜찮아요. 어쩌면 저나 풍운을 노리는 마교의 암살대일 수도 있어요. 그들은 무림서생과 최측근들을 모두 척살 대상에 올렸다고 들었거든요."

그때, 하일이 말했다.

"비원의 흑야입니다."

셋의 시선이 하일에게 쏠렸다. 하일은 심호흡을 하고는 말을 이었다.

"흑야에서 침투 및 파괴, 요인 납치 및 제거를 맡고 있는 필멸단(必滅團). 저들이 흑살진(黑殺陣)을 펼치기 전에 포위망을 뚫어야 합니다. 절대고수라도 빠져나올 수 없는 죽음의 진입니다."

독고설과 풍운은 황당하다는 얼굴로 하일을 보았다. 대체 이 사내는 누구이기에 듣도 보도 못한 생소한 조직에 관해 이리 소상히 알고 있는가.

하오문의 정보력이 이 정도였던가?

수란은 초조하지만 애써 담담하게 물었다.

"어느 방향으로 가야 하지?"

하일이 미간을 접고 사방을 훑었다.

아직 아무것도 보이지 않는 어둠. 그러나 상승의 은신술을 펼치는 살수들이 천천히 다가오고 있음을 이젠 가장 무공이 약한 수란도 느낄 수 있었다.

하일이 손을 들어 서쪽을 가리켰다.

그와 동시에 넷이 움직였다.

그때였다.

한 여인의 비명 소리가 울린 건.

"끄아아아악!"

그리고 울부짖는 목소리가 이어졌다.

"제발요. 제발…… 흑흑, 제발 살려주세요. 아아악!"

께름칙한 심정으로 뛰던 독고설 일행 중 한 명이 멈췄다. 풍운이 입술을 깨물고 뒤돌아보며 중얼거렸다.

"황보 소저?"

제14장
안녕, 죽엽청은 다음에 마셔요

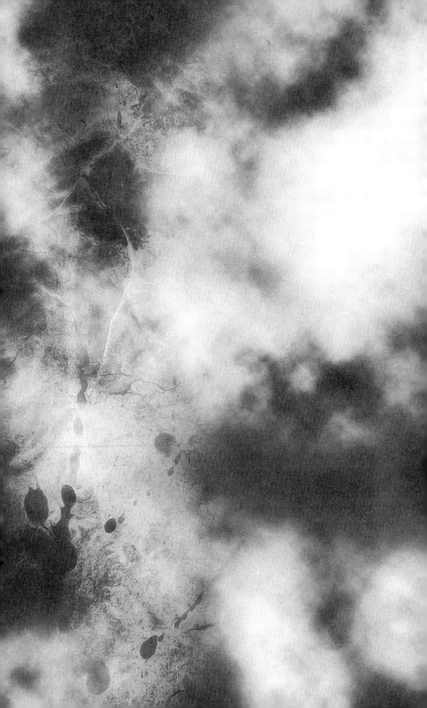

1

달포 전(前).

수화 황보연은 무림맹 총타에 있던 네 명의 호위와 함께 사문이 있는 태산행(泰山行) 마차에 올랐다.

그녀를 포함한 모두가 망연자실한 얼굴이었다.

무림맹 총타에서 지원군으로 출정한 황보세가의 무사들이 가주를 포함해 전멸했기에 그랬다.

단 한 사람도 살아남지 못했다는 비보(悲報).

울고 울어서 눈물까지 메말라 버린 황보연은 달리는 마차의 진동에 몸을 맡긴 채 허공만 멍하니 보고 있었다.

그때, 그녀의 맞은편에 앉아 있던 중년의 호위장(護衛

長)이 입을 열었다. 그는 그녀의 숙부이기도 했다.

"연아, 힘들어도 꿋꿋해야 한다. 이제 본 가의 운명은 너에게 달린 것이나 진배없다."

황보연은 숙부가 대체 무슨 말을 하는지 알 수가 없어서 눈만 껌벅거렸다. 그러자 숙부가 양손으로 그녀의 여린 손을 꼭 쥐고는 말했다.

"너도 짐작하겠지만, 이제 본 가가 자력으로 강호에서 살아남는 건 매우 어렵게 되었다. 전시(戰時)가 아니라면 오랜 세월을 절치부심해서라도 다시 영광을 찾을 수 있겠지만……"

그는 말을 잇기가 힘들다는 듯이 얘기를 하는 도중에 몇 차례나 격하게 한숨을 뱉어냈다.

"지금은 비상 상황이다. 우리가 이 난국을 헤쳐 나갈 때까지 기댈 수 있는 세력이 필요하단 뜻이다. 그러니까…… 본 가에 당도하면…… 위령제가 끝나자마자 네 혼인 얘기가 있을 것이다. 너라면 많은 명문가에서 탐을 낼 터이니……"

황보연은 충격 어린 눈으로 부르르 떨다가 숙부의 손을 뿌리치고 말했다.

"어떻게, 지금 어떻게 그런 말씀을 하실 수 있어요? 아버지와 오라버니들, 그리고 사형과 사제들이 돌아가셨다고요. 많은 어르신들과 본 가의 제자들이…… 흑흑."

결국 메마른 줄 알았던 그녀의 눈에서 또다시 눈물이 쏟아졌다.

"나도 이런 말을 하는 게 죽기보다 괴롭다. 하지만 너는 지금 본 가가 어떤 상황인지 직시해야 한다. 사문의 어르신들이 한 결정이니……."

"거짓말. 어머니께서는 절대 그런 일에 찬성할 리 없어요. 그건 짐승 같은 짓이라고요. 이 와중에 어떻게 제 혼례 얘기가 나온단 말이에요!"

숙부는 입술을 꾹 깨물고 황보연을 보다가 슬픈 눈빛으로 입을 열었다.

"그래, 짐승 같은 짓이지. 안다. 어찌 모르겠느냐?"

"숙부!"

"나도 전서구로 이런 결정을 통보받았을 때 억장이 무너지는 줄 알았다. 너에게 어찌 이런 형벌을 줄 수 있단 말이냐."

"……."

"그런데 시간이 조금 흐르니…… 또 이해가 되더구나. 형수도 딸을…… 너를 그렇게 보내고 싶겠느냐? 지금 형수도 남편과 자식을 잃은 슬픔에 목이 멜 텐데, 그런데도 남은 본 가의 식솔들을 위해서 그런 금수만도 못한 결정을 해야만 하는 심정은 오죽했을까?"

옆에 앉아 있는 세 호위는 고개만 떨군 채 입도 벙긋

못했다. 황보연은 이 기가 막힌 현실 앞에서 가슴을 주먹으로 쾅쾅, 쳤다.

그걸 바라보던 숙부가 모종의 결심을 한 듯 눈을 빛내더니 말했다.

"알겠다. 네가 마음의 준비를 해야 할 것 같아서 미리 말을 꺼낸 것인데…… 나 역시 이건 아닌 것 같구나. 그래서 이렇게 하면 어떻겠느냐?"

"숙부……."

"네가 총타에서 열흘 넘게 자리를 비운 것이 풍운검(風雲劍) 풍운 소협 때문이란 얘기가 떠돌던데…… 그것이 사실이냐?"

전혀 예상하지 못한 기습적인 질문에 황보연이 대꾸를 하지 못하자 숙부가 말을 이었다.

"그것이 사실이라면, 내 적극적으로 지지해 주마. 패왕의 별 후보에까지 이름을 올린 천재 검객 풍운이라면야 어지간한 문파보다 훨씬 나을 테니까. 분명 형수님도 그렇고, 다른 분들도 진지하게 고려해 볼 것이다."

침묵을 지키던 호위 중 한 명이 슬쩍 끼어들었다.

"약관에 초절정에 오른 전무후무한 고수가 아닙니까. 서른이면 절대고수에 오를지도 모르지요. 더구나 사문도 딱히 밝히지 않는 것을 보면, 데릴사위도 가능하지 않을까요?"

마치 말을 맞추기라도 한 듯 다른 호위가 입을 열었다.

"그렇게만 된다면야 수많은 사람들이 본 가의 제자로 들어오길 청하게 될 겁니다."

순간, 황보연은 숙부를 포함한 호위들이 자신에게 진짜 원하는 것이 무엇인지 깨달았다.

황보연은 입술을 깨물고 그들을 훑다가 기가 막힌다는 표정으로 말했다.

"정말 왜들 그러세요? 아버지와 오라버니들, 그리고 그렇게 많은 분들이 돌아가셨는데, 끝까지 이런 얘기를 해야겠어요?"

"연아, 지금 본 가에 가보면 알겠지만, 남은 제자들이 백 명도 채 되지 않는다고 하는구나."

"……!"

"그리고 그들 대부분도 몇 달 안에 떠나가게 될 거야. 지금 우리의 현실이란 건…… 슬픔을 누릴 자격도 없는 상황이다. 제대로 대처하지 못하고 눈물만 흘리다간 결국 멸문(滅門)하기 십상이란 뜻이지."

"……."

"다행히 네가 풍운 소협과 무슨 관계이긴 한가 보구나, 부인하지 않는 것을 보면."

숙부와 세 호위의 눈이 빛났다. 그건 마치 늪에 빠졌는데 누군가가 던져 준 동아줄을 발견한 듯한 표정이었다.

황보연은 우선 이 쓸데없는 착각부터 없앨 필요를 느꼈다.

"예. 풍운 소협을 제가 좋아해요."

순간, 숙부와 세 호위의 얼굴에 안도감이 퍼져 나갔다. 하지만 이어지는 그녀의 말에 곧바로 표정이 구겨졌다.

"그런데 그분이 절 좋아하지 않아요."

숙부가 물었다.

"왜?"

"못생겨서 싫대요."

숙부가 검지로 자신의 귀를 후볐다. 세 호위는 서로를 마주 보며 황보연이 방금 말한 것을 자신만 잘못 들었나 확인할 정도였다.

"정말이에요. 항주로 가는 그분을 계속 쫓아가면서 왜 저를 그렇게 귀찮아하냐고 물었는데, 그리 대꾸했어요. 그러니까 풍운 소협 얘기는 이제 꺼내지 마세요."

숙부와 세 호위가 동시에 피식하며 실소를 흘렸다.

믿을 만한 얘기를 해야지.

그때, 마차가 급정거를 하면서 말들이 거칠게 울어 댔다. 말을 몰던 마부가 성난 어조로 빽! 소리쳤다.

"이 미친놈들아! 이리 갑자기 길에 뛰어들면…… 컥!"

고통 어린 단말마가 터졌다. 문가의 호위가 급정거하면서 부딪친 머리를 문지르다가 나가려는데, 그 문이 통째로 뜯겨 나갔다.

우지끈.

그와 함께 비수가 쇄도했다.

"컥!"

"큭!"

두 명의 호위가 가슴에 비수를 맞고는 고꾸라졌다. 숙부와 남은 호위가 자리를 박차고 뛰어나가는 순간, 검이 지나갔다.

쇄애애액!

"큭!"

"윽!"

숙부는 자신의 심장을 찢고 빠져나간 상대의 칼을 보다가 그를 노려보았다.

"가, 감히 황보세가의……."

차가운 표정의 사내가 피식 웃고 말을 끊었다.

"세가는 무슨. 곧 망할 문파 주제에."

숙부는 부르르 몸을 떨다가 숨을 거뒀다.

사내는 죽은 자들을 다시 한 번 칼로 찔러 생사를 확인하고는 마차 안에서 검을 쥔 채 떨고 있는 황보연을 보았다.

"홋, 예쁜 상품에 하자가 생겨서는 곤란하지. 조용히 나와라. 죽이진 않을 테니까."

"너, 너희들은 누구냐?"

"그건 네년이 알 바 없고, 검 안 내려? 후우우, 꼭 쉽게 끝낼 일을 어렵게 만드는 것들이 있단 말이지."

사내가 손가락을 살짝 튕겼다.

파앗!

쇠구슬 하나가 섬전처럼 쇄도해 황보연의 명치를 때렸다. 숨이 턱 막히는 고통에 그녀는 입술을 꽉 깨물었다. 손이 풀려 검을 놓칠 뻔했지만, 다시 힘껏 잡았다. 그러고는 마차 안으로 들어오는 사내를 향해 검을 뻗었다.

"쳇, 귀찮은 계집이군."

사내는 살짝 고개를 흔들며 검을 피하고는 주먹을 뻗었다.

퍼억!

그의 주먹이 그녀의 배에 박혔다. 황보연은 창자가 찢어질 것 같은 고통에 앞으로 엎어졌다. 그러자 그가 그녀의 등을 발로 내려쳤다.

퍽, 퍽, 퍽퍽퍽퍽퍽!

"나는 너 같은 계집을 다루는 법을 잘 알지. 좋은 가문에서 태어나 고생이라고는 해본 적도 없는 주제에 자존심과 고집만 세서는! 나중에 어르신께 상납해야 하니, 미리 정신머리를 개조해 주마. 그분께서는 순종적인 계집을 좋아하시니까."

퍽퍽퍽퍽퍽!

얼마나 두들겨 팼을까.

황보연은 의식이 끊기려고 가물가물 거리면서도 귀에 파고드는 소리를 들었다.

"곧 매질에 익숙해질 거야. 후후후."

그는 황보연의 머리채를 움켜쥐고는 따귀를 때렸다.

짜악!

그것을 끝으로 그녀는 실신했다.

그의 말은 거짓말이었다.

구타는 달포간 계속되었다. 그러나 아무리 맞아도 매질에 익숙해지진 않았다. 그동안 황보연은 몇 번이나 자진하려고 했지만, 끝끝내 그러지 못했다.

사내들 중 한 명이 내뱉은 말 때문이었다.

"솔직하게 말하지. 우린 검봉이 필요해. 검봉의 애인인 무림서생이 어르신들 중 한 분을 죽였을 뿐만 아니라 두 분을 물 먹였거든. 그래서 그 무림서생에게 하늘을 건드린 죄를 물어야 한단 말이지. 음, 그런데 문제는 풍운이란 애송이가 검봉 옆에 붙어 있단 말이야. 골치 아픈 놈이지. 어르신들께 도와달라고 하기엔 우리 체면이 안 서고……."

사내가 입맛을 다시다가 말을 이었다.

"뭐, 그 애송이를 잡으려면 잡을 수도 있겠지만, 우리쪽 피해가 적지 않을 것 같거든. 그러니까 우리 말만 잘 들으면 너는 이 지옥에서 벗어날 수 있어. 네 애인인 풍운과 함께 말이지. 우린 검봉만 잡으면 되니까."

거짓말이다. 풀어줄 리 없다. 처음에 만난 사내가 말했다, 자신을 어르신께 상납한다고.

어쨌든 이들은 숙부나 호위들처럼 자신과 풍운의 사이를 오해하고 있었다. 그래서 자신을 풍운을 견제하기 위한 인질로 쓰려는 것이 분명했다.

황보연은 풍운과 아무 사이도 아니라고 말하려다가 입을 다물었다.

죽기 전에 그 사람 얼굴을 꼭 한 번만 더 보고 싶었던 것이다. 그러면 원 없이 자진할 수 있을 것 같았다.

그렇게 지옥 같은 시간을 견디고 버텼다.

＊　　　　＊　　　　＊

풍운이 멈춰 서자 독고설이 외쳤다.

"뭐해?"

풍운이 다시 앞을 보며 그녀에게 말했다.

"누님, 미안한데 먼저 가세요."

그는 하일을 보며 말을 이었다.

"우리 검봉 누님의 실력도 상당하니까 하일 호위께서

도와주시면 포위망을 빠져나갈 수 있을 거라 보는데, 맞죠?"

독고설이 기가 막힌다는 표정으로 멈춰서 말했다.

"풍운, 왜 그래? 싸우더라도 일단 포위망은 빠져나가자. 굳이 흑살진인지 뭔지 안에 갇힐 필요는 없잖아!"

수란은 태연을 가장하며 초조함을 숨겼다. 그러나 그녀는 제자리에서 발을 동동 구르고 있었다.

"시간이 없어요."

하일은 수란 옆에서 풍운의 시선을 받으며 담담하게 말했다.

"절대고수도 잡는 진이라고 했습니다. 더구나 지금 당신은…… 뭔가 나사 하나가 빠진 듯한데, 마치 심마에 빠진 것처럼."

풍운이 어깨를 으쓱하고는 뒤통수를 긁적거렸다.

"역시! 안목이 진짜 대단하시네요. 그 정도의 안목이면 실력도 만만치 않을 터, 우리 검봉 누님을 잠깐만 부탁드려요."

그러고는 발걸음을 뗐다. 수란이 황당한 얼굴로 풍운의 뒤통수를 향해 물었다.

"아까 여인의 비명 때문이죠? 어느 여염집 여인인지는 모르겠지만, 그렇게 세상 사람을 다 구하려는 생각은 말도 안 되는……."

그 순간, 독고설이 갑자기 정색하고 수란의 말꼬리를 삼켰다.

"풍운, 아는 사람이지?"

풍운이 심드렁하게 대꾸했다.

"누님, 제발 좀 가요. 나중에 천류영 형님한테 혼난다고요."

"아는 사람 맞구나. 누구야?"

그러면서 독고설도 풍운의 뒤를 따랐다. 발을 동동 구르던 수란이 기가 막힌다는 표정으로 그 둘을 보다가 입술을 깨물었다.

"아는 사람? 대단히 중요한 인물인가 보네요. 불구덩이 속으로 들어갈 정도면."

풍운은 뒤돌아보며 쓰게 웃고는 고개를 저었다.

"그냥…… 못난이 한 명이 있어요. 녀석에게 갚아야 할 술빚이 있어서."

순간, 독고설이 풍운의 뒤까지 따라붙어 등을 찰싹, 때렸다.

"수화구나! 수화 황보연!"

"어? 어떻게 알았어요?"

"훗, 여자의 직감은 무서운 거라고."

그 둘을 보며 수란은 고개를 절레절레 저었다.

"미쳤어. 그만큼 자신이 있다는 건가, 아니면 원래 두려움이라고는 모르는 성격들인 거야?"

역시 독고설과 풍운을 보던 하일이 처음으로 묘한 미소를 머금었다. 그것을 흘낏 본 수란이 물었다.

"왜 웃지?"

하일이 살짝 당황하다가 사방을 훑고는 말을 돌렸다.

"더 늦으면 위험합니다. 가시죠."

"질문에 먼저 답해. 저들을 보며 왜 웃었냐고?"

"그게…… 저 두 사람, 꽤 친한 동료 같아서. 막역한 친구처럼."

하일의 말이 의외였을까, 수란이 가만히 있자 하일이 말을 덧붙였다.

"저도 대머리 친구가 있는데, 그 녀석이 떠올라서 저도 모르게 웃었나 봅니다."

말을 하면서 하일이 수란의 팔을 잡아끌었다. 그러나 수란이 버티며 움직이지 않았다.

"문주님, 가셔야 합니다."

순간, 수란이 이를 바드득, 갈았다.

"젠장! 무림서생! 천류영! 이 나쁜 놈!"

하일이 당황하며 물었다.

"왜 그러십니까?"

"내가 천 분타주를 처음 만난 날, 먼저 말했어. 친구하자고, 동료하자고."

"……."

"그때 함께 있던 천마검은 차갑게 거절했단 말이지. 그런데…… 그 빌어먹을 천 분타주는 웃으며 받아줬단 말이야. 누님이라고 살갑게 부르면서. 숨어 사는 하오문주에게 정파에서 가장 유명한 이들 중 하나이자 분타주씩이나 되는 인간이 아무 조건도 없이."

하일은 천마검이나 폭혈도가 천류영에 대해 몇 번 말한 것을 들은 적이 있기에 엷게 미소 지었다.

"그랬습니까?"

"그런데…… 내가 천류영의 정인과 의제를 외면하면 안 되는 거잖아. 제길, 이건 수지가 안 맞는 장산데. 하일, 우리 여기서 죽을 수도 있는 거지? 하여간 천류영하고 어울리면 그 인간의 진심 때문에 사람이 이상하게 약해진다니까."

그러면서도 도망가지 않는 그녀를 보며 하일의 미소가 더욱 짙어졌다. 수란이 눈살을 찌푸리며 다그쳤다.

"자꾸 왜 웃어? 그동안 한 번도 안 웃던 사람이 왜 이런 위기 상황에서 웃는 거야?"

"하오문에 잘 온 것 같습니다."

"뭐?"

"사람 냄새가 납니다."

"……?"

"고맙습니다. 진심으로 충성을 바칠 수 있는 주군이셔서."

수란의 눈동자가 흔들렸다. 그녀는 어느새 풍운과 독고설 쪽으로 방향을 완전히 틀고는 발을 떼면서 심드렁하게 말했다.

"뭐야? 그럼 내가 여기서 도망쳤다면 주군이라 생각 안 했을 거란 말인가?"

하일이 그녀 옆에 붙으며 답했다.

"설마요."

"헉, 그 말 하지 마. '설마요'란 말, 천 분타주가 잘 쓰는 말이라고."

"설마 그분을…… 좋아하시는."

순간, 수란의 손이 하일의 입을 틀어막았다. 그러고는 소리 죽여 말했다.

"그 얘기 한 번만 더하면 죽여 버릴 거야."

하일의 미소가 더 짙어졌다.

한편, 풍운은 수란과 하일까지 다가오자 입술을 내밀었다.

"사람 많아봐야 거치적거리기만 하는데."

독고설과 수란의 눈에 동시에 쌍심지가 켜졌고, 하일은 주변에 기막을 두르고 담담하게 말했다.

"흑살진은 불역(不易), 즉 모든 것은 변하는데, 그 변한다는 법칙만은 변하지 않는다는 기초 위에 사수진(四獸陣)을 응용해 만들어진 것입니다."

얘기를 들은 셋이 멍청한 표정으로 하일을 보았다. 그러나 하일은 이제 땅 위로 형체를 드러내기 시작하는 필멸단을 보면서 담담히 말을 이어 나갔다.

"간단히 말하면, 저들의 움직임에 현혹되지 않으면 됩니다."

독고설이 눈을 빛내며 물었다.

"가장 단단해 보이는 곳이 오히려 약점이다?"

"예. 그곳을 집중 공략하는 것이 생문(生門)을 열 수 있는 방법입니다. 이유를 설명하자면……."

독고설이 손을 들어 말을 끊었다.

"지금 이유를 들을 시간은 없으니 나중에 하시죠. 일단 무슨 말인지 알겠어요. 그런데 문제는…… 인질이 있는 곳이 제일 포위망이 느슨해 보이네요."

하일이 고개를 끄덕이며 답했다.

"사문(死門)입니다. 절대고수도 죽을 확률이 비약적으로 높아지죠. 인질을 구하려면 생문으로 빠져나갔다가 사문의 뒤로 들어가는 것이 제일 좋습니다."

수란이 점점 좁혀오는 포위망을 보다가 눈을 빛냈다.

"뒤편의 오른쪽이 제일 촘촘해."

"예. 거기가 생문. 지금 움직인다면 그리 향해야 합니다. 문제는 시시각각 변하니…….”

하일이 눈살을 찌푸리며 당황했다. 풍운이 사문이라고 말한, 인질이 있는 곳을 향해 발을 뗀 것이다.

풍운이 말했다.

“다른 분들은 생문을 공략하세요.”

독고설이 손으로 이마를 짚으며 피식 웃었다.

“어쩔 수 없지. 저런 꼴을 보고서야.”

수화 황보연이 사내에게 머리끄덩이를 잡힌 채 질질 끌려오고 있었다.

수화의 머리채를 붙잡고 다른 손으로는 칼로 그녀의 목을 겨눈 사내가 풍운을 향해 웃었다.

“하하하, 풍운 소협. 여기 당신의 애인인 수화 황보연이 있소. 우리는 당신에게 볼일이 없으니, 잠깐만 자리를 비켜주면…….”

그때, 황보연이 십여 장 거리 밖에 있는 풍운을 보고 미소 짓다가 불쑥 목청껏 외쳤다.

“풍운 소협!”

풍운의 발이 멈췄다. 그녀의 개입으로 말이 끊긴 사내가 황보연을 내려다보고는 서슬 퍼렇게 뇌까렸다.

“지옥에서 벗어나고 싶으면 가만히 있어라. 네 애인과 살 수 있게 해줄 테니까.”

황보연은 그를 흘낏 보고 다시 풍운을 보며 외쳤다.

"다시 봐서 정말 좋은데, 어두운 게 한이네요. 우리…… 죽엽청은 다음에 마셔요. 꼭. 그리고…… 안녕."

그 말이 끝나기 무섭게 그녀가 앞에 대어진 칼을 향해 목을 들이밀었다. 하지만 아슬아슬한 차이로 사내가 머리채를 잡아당기며 그녀의 시도를 막았다.

동시에 퍼엉! 하는, 공기가 압축됐다가 터지는 듯한 굉음이 일었다.

안타까운 표정으로 풍운을 바라보던 하일의 눈이 찢어질 듯이 커졌다. 사람의 신형이 완벽하게 자리에서 사라져 버렸다! 경악하는 하일의 귀로 독고설의 목소리가 파고들었다.

"함께 사문을 공략하죠!"

2

풍운이 움직이기 직전.

그는 수화 황보연을 인질로 삼은 사내의 제안을 건성으로 들으며 눈동자를 굴렸다.

황보연의 좌우로 폭 넓게 서 있는 사내들.

풍운은 직감적으로 저들이 상당한 실력을 갖춘 고수들임을 간파했다. 그들은 오른손으로 검병을 쥔 채 언제라도 발검할 태세를 갖추며 왼손은 주먹을 움켜쥐고 있었다.

그 왼 주먹이 불뚝 솟아오른 것으로 보아 뭔가를 쥐고 있음이 분명했다.

'독(毒) 주머니? 아니, 바람의 방향으로 볼 때 독을 뿌리는 건 오히려 저들이 위험해. 암기야. 암기를 지니고 있는 거야.'

하일 호위의 말마따나 황보연 주변은 사문(死門)임이 확실했다.

풍운의 머릿속에 그림이 그려졌다.

자신이 빠르게 달려들면 저들이 암기를 뿌린다. 하지만 여기에서 문제가 발생한다.

암기를 피하거나 튕겨낼 시간이 필요하다.

그 틈에 암기를 던진 복면인들이 달려들 것이고, 황보 소저를 구해내는 건 자연스레 뒤로 미뤄진다. 그리되면 저들은 협상이 물 건너갔다 생각하고 황보 소저를 해(害)하거나 죽일 것이리라.

짧은 순간 묘책을 찾아 머리를 굴려봤지만, 딱히 답이 떠오르지 않았다.

'역시 임기응변은 아무나 하는 게 아니야. 천류영 형님이 있었으면 좋았을 텐데.'

풍운은 천류영의 부재를 아쉬워하며 계속 머리를 굴렸다.

이형환위를 펼치면 암기를 떨쳐 낼 수 있지 않을까?

아마, 어려울 것이다.

저들은 이미 자신의 빠름에 대비하고 있을 테니까. 그렇기에 인질까지 잡고 있는 것이 아닌가.

이건…… 자칫 황보연뿐만 아니라 자신마저 죽을 위험에 빠질 공산이 컸다.

풍운은 자신도 모르게 쓴웃음을 깨물었다.

확실히 유명하다는 것은 좋은 점만 있는 것이 아니었다. 적이 만반의 준비를 하게 되니 말이다.

풍운은 속으로 혀를 차면서 최악의 경우에는 황보연을 포기해야겠다고 마음을 굳혔다. 대신 놈들을 잡아 정체를 알아내겠다고 생각하는 바로 그 순간, 그의 뇌리로 천마검이 했던 말이 스쳤다. 지난 백여 일 동안 지겹게 자신의 골머리를 썩이던 그의 말이.

"묻겠다. 너는 진심으로 목숨을 걸어본 적이 몇 번이나 있는가. 나는 늘 목숨을 건다."

풍운의 눈가가 일그러지며 파르르 떨렸다. 머릿속에 박혀 있는 가상의 천마검에게 변명을 했다.

'황보 소저와 나는 아무 사이도 아니야. 왜 내가 그녀를 위해 목숨을 걸어야 하지? 이 상황은 나에게 전혀 절박하지 않아!'

머릿속 천마검이 피식 웃으며 다시 말했다.

"나는 늘 목숨을 건다."

다시 풍운이 항변하려고 했다. 그때, 천류영이 남궁수에게 했던 말이 벼락처럼 꽂혔다. 작년 봄, 자신으로 하여금 봉인을 풀게 했던 그 말이.

"협을 행하고, 책임을 다하며, 명예를 지키기 위해서는 죽음도 마다하지 않는 것. 그것이 정파의 무인 아닙니까?"

풍운은 자신도 모르게 입술을 꽉 깨물었다. 뭔가 울컥했다.

그리고 그때, 황보연이 자진을 시도했다.

쩌적!

풍운 머릿속의 단단한 무언가가 부서졌다.

퍼엉!

풍운의 신형이 자리에서 사라지고, 쏘아진 작살처럼 뻗어 나갔다.

극성의 이형환위!

그 모습을 지켜보던 독고설 일행과 흑야의 필멸단이 동시에 눈을 치켜떴다. 그리고 독고설을 제외한 모두가 경악했다.

풍운이 빠르다는 건 이미 모두가 알고 있었다. 천하제일의 경공을 자랑하는 무영객에게 뒤지지 않을 거라는 소문도 익히 들었다. 하지만 정말이지 이렇게 빠를 줄은 짐작도 하지 못했다.

촤아아아악.

수백여 개의 쇠구슬이 허공을 수놓으며 뻗어 나갔다.

그 쇠구슬들은 풍운만 노리는 것이 아니라 전후좌우, 그리고 위쪽의 공간까지 아우르며 퍼져 나갔다. 풍운이 피할 수 있는 모든 동선을 차단하려는 의도였다.

독고설이 함께 사문(死門)을 공략하자며 외쳤고, 황보연을 인질로 삼은 사내는 기겁하며 윽박질렀다.

"풍운! 네 애인을 죽여 버리겠다!"

정말 죽이려는 심산인지, 그의 기형도가 위로 움직였다. 그러더니, 황보연의 목을 베기 위해 아래로 방향을 틀었다.

원래 그는 그녀를 죽일 생각이 손톱만큼도 없었다. 이 계집은 어르신께 상납하기로 예정되어 있었기에. 하지만 풍운의 짓쳐 드는 속도에 경악한 그는 자신도 모르게 칼에 잔뜩 힘을 주고 있었다.

황보연은 제 죽는 건 상관없다는 듯이 풍운을 향해 절규했다.

"전 괜찮으니 피해요!"

이 모든 일들이 거의 동시에 일어났다.

눈부신 속도로 이동하는 풍운의 앞으로 수십여 개의 쇠구슬들이 짓쳐 들었다.

지금 풍운이 냉정하게 상황을 판단한다면 최선의 수는 무엇일까?

피할 공간이 차단되었으니 쇠구슬들을 쳐내는 것이 우선이다. 지금까지의 풍운이었다면 분명 그렇게 대처했을 것이다.

풍운이 오만상을 쓰며 욕설을 뱉었다.

"제기라아아알!"

평소라면 절대 하지 않을 멍청한 선택을 한 것이다. 어떤 순간에도 안전한 자리 하나쯤은 마련해 두던, 지금까지의 풍운이 아니었다. 그렇게 그는 자신이 쥐고 있던 검을 앞으로 던졌다.

파앗!

그냥 던진 것이 아니다.

이기어검이다. 그것도 극성의 이형환위를 펼치고 있는 와중에 시전 된, 역시 극성의 이기어검(以氣馭劍)!

최고의 상승 무공 두 개가 동시에, 그것도 전력으로 펼쳐진 것이다.

지금껏 그 어떤 고수도 이런 시도를 했다는 얘기는 없

었다. 단전이 견디지 못하기 때문이다. 진기가 진탕되는 차원을 넘어서 단전 자체가 폭발할 위험이 컸다.

순간, 풍운의 시야가 뿌옇게 변했다. 몸 안에서 밖으로 폭사하듯 뿜어져 나오는 기운이 마치 태양처럼 빛을 발했다. 풍운의 몸 자체가 광원(光源)이 되어 주변 어둠을 눈부시게 밝혔다.

그리고…… 세상이 멈췄다. 풍운은 그 멈춘 공간에서 눈을 번뜩였다. 신기한 세상이 뿌연 시선 속에서 찰나 모습을 드러냈다. 하지만…….

"으아아아아아!"

정말이지 끔찍한 고통이 곧바로 풍운을 덮쳤고, 그 비명으로 멈췄던 시공간이 깨어났다. 그러나 풍운은 치를 떨면서도 방금 자신이 쏘아낸 검에 집중했다.

이기어검, 그것은 한 줄기 벼락!

콰직!

황보연의 목을 베려던 사내의 이마에 풍운의 검이 박혔다.

"컥!"

그의 기형도는 황보연의 목에서 불과 삼 촌(寸) 거리에 멈춰 있었다. 그가 그녀를 정말 죽이려고 했는지는 이제 아무도 알 수 없게 되었다.

동시에 풍운의 동체에서 타격음이 잇달아 터졌다.

파파파파파아아앙!

호신지기를 뚫고 들어온 쇠구슬들이 풍운의 몸에 박혀들었다.

풍운의 눈동자가 풍랑을 맞은 조각배처럼 흔들렸고, 고통을 참기 위해 악문 입술이 터졌다.

그리고 쇠구슬이 박힌 자리에서 핏줄기가 튀었다. 뒤에서 따라오던 독고설이 '풍운!' 이라고 부르는 다급한 외침이 허공을 두드렸다.

풍운의 신형이 쓰러질 것같이 휘청거리더니, 땅을 발로 강하게 쳤다.

파아아앗!

일시 멈추는 것 같던 그의 신형이 다시 앞으로 쇄도했다. 그러고는 이마에 검이 박혀 몸이 무너지려는 사내 앞에 당도했다.

차악!

풍운은 자신의 검을 잡아 빼고는 넋이 나간 표정으로 자신을 바라보는 황보연과 입을 쩍 벌린 채 서 있는 주변의 복면인들을 흘낏 보았다. 그런 후에야 자신의 몸을 살폈다.

몸에 박혀든 예닐곱 개의 쇠구슬.

다행이라면 풍운의 속도에 경악한 복면인들이 미처 전력으로 암기를 던지지 못했다는 것이다. 덕분에 쇠구슬이 깊게 파고들지 못해 몸속의 장기가 훼손되지는 않았다.

그렇다고 고통까지 누그러진 것은 아니었다.

그럼에도 아프다는 생각이 별로 들지 않은 것은 그보다 훨씬 커다란 고통이 그의 심신을 집어삼키고 있었기 때문이다. 방금 보았던 신기한 세상을 곱씹어보고 싶지만, 그럴 여유가 없었다.

콰콰콰콰콰아아앙!

몸속에서 쉼 없이 굉음이 일었다.

금방이라도 폭발할 것 같은 단전이 미친 듯 회전했다. 그의 몸에서 뿜어져 나오는 빛은 잦아들고 있지만, 여전히 강렬했다.

풍운은 참을 수 없는 고통에 정신이 까무룩해지려는 것을 느꼈다. 그러나 그는 본능적으로 알았다.

지금 기절하면 결국 단전이 폭발하여 목숨을 잃는다는 것을.

"으으으으……."

풍운은 신음을 흘리며 검을 힘껏 쥐었다. 폭주하는 몸속의 기운을 뽑아내야 한다.

그러지 않으면 정말 죽는다! 태어나 처음으로 목숨에 위협을 느끼는 중이었다. 그런 풍운을 향해 주변의 복면인들이 덮쳐 왔다.

파아아아앗, 쇄애애액.

수십여 개의 검기가 허공을 가르며 풍운에게 먼저 짓쳐 들었다. 풍운은 비명인지 고함인지 알 수 없는 정체불명의 괴성을 지르며 검을 휘둘렀다.

"끄아아아아!"

세상에서 가장 빠른 검, 천섬.

삼장 삼절, 참벽검(斬霹劍).

벼락을 베는 검술.

쇄애액! 파아아앗! 퍼어어엉!

검막과도 같은 풍운의 검이 덮쳐 오는 수십여 개의 검기를 모조리 분쇄시켰다. 그러고는 아연한 눈빛의 복면인들의 진검과 마주했다.

째애애애앵, 퍽퍽퍽퍽퍽!

풍운을 돕기 위해 달려가던 독고설 일행이 눈을 치켜떴다. 특히나 수란과 하일은 불신의 기색으로 풍운의 칼을 보았다.

검이 어찌나 빠른지, 진검과 잔상을 구별할 수 없었다. 분명 하나의 검인데 셀 수도 없는 칼이 어두운 허공을 갈가리 찢어 댔다.

천 개의 손을 가졌다는 천수관음보살이 그 천 개의 손으로 동시에 칼을 휘두르는 것처럼 놀라운 광경이었다.

"커흑!"

"으아악!"

"미, 미친!"

비명을 지르며 나자빠지는 흑야의 필멸단원들, 기함하며 몸을 피하는 복면인들.

풍운을 중심으로 기의 폭풍이 사방에 몰아쳤다.

하지만 풍운의 정신력은 한계에 다다랐다. 창자가 배배 꼬이다 못해 터져 나갈 것 같은 고통이 인간으로서는 도저히 감당할 수 없는 지경에까지 이르렀다.

"으아아아아!"

비명이 허공을 두들겼고, 사지가 덜덜 떨렸다. 육체가 의지의 통제를 벗어났다.

'조금, 조금만 더 공력을 빼내면 되는데…… 이렇게 죽는 건가?'

해일 같은 고통이 결국 풍운의 정신을 삼켜 버렸다.

그때, 지척까지 다가온 독고설의 눈에 두 개의 빛줄기가 포착됐다.

비수.

독고설이 빽! 외쳤다.

"풍운! 피해애애애!"

그러나 풍운은 눈에 흰자위만 보인 채 몸을 덜덜 떨뿐, 전혀 반응하지 않았다.

퍼퍽!

두 개의 비수가 몸에 박혀들었다. 풍운이 아닌, 그를

껴안은 황보연의 등에.

황보연은 한차례 몸을 부르르 떨고는 풍운의 귀에 울먹이며 속삭였다.

"제발 나 때문에 죽지 마세요."

그때, 독고설 일행이 당도했다.

풍운을 가운데 두고 앞에는 독고설이, 뒤로는 수란과 하일이 자리해 복면인들을 견제했다.

독고설이 뒤에 있는, 풍운을 안고 있는 황보연에게 소리쳤다.

"괜찮아요?"

"예. 다행히 제가 다 맞았……어요."

"아니, 당신 말이에요."

"예. 저는…… 흑흑, 풍운 소협, 정신 차리세요."

"당신의 상태가 안 좋은 건 알지만, 지금 풍운을 보살필 사람은 당신밖에 없어요. 미안하지만, 부탁……."

복면인들이 달려들어 대화는 길게 이어지지 못했다.

쇄애애액, 쨍쨍, 째애애앵, 쨍쨍!

독고설은 짓쳐 드는 검들을 비껴 쳐냈다. 정통으로 상대하면 무지막지한 기운을 내뿜는 사내들의 힘을 도저히 당해낼 수 없기 때문이다.

파라라라.

그녀의 몸이 빙글 돌고, 검도 따라 돌았다. 복면인들의 검을 튕겨내고 몸을 돌리며 옆으로 따라붙는 적의 목을 베었다.

"크윽!"

비명을 지르는 놈의 배를 발로 쳐내서 그리 몰려오는 적들을 잠시 주춤하게 만든 후에 반대쪽 상대의 칼을 마주 받았다.

쨍, 쨍쨍!

독고설의 검에서도 옅지만 검기가 흘러나왔다. 그 검기가 주변을 푸르게 휘돌며 뻗어 나가고, 진검이 유려한 곡선으로 잇달아 파도쳤다.

찌잉, 쩡쩡쩡. 째애애앵!

독고설을 상대하는 복면인들의 눈에 당혹감이 떠올랐다. 예상하고 있던 수준보다 훨씬 상위의 고수다.

이름난 후기지수이나 여자.

일류 수준이라 예상했는데, 이건 초일류를 넘어 특급까지 넘볼 수 있는 경지였다. 필멸단의 간부인 조장들과 비교해도 전혀 뒤처지지 않는 실력자.

게다가 생포가 목적이다 보니 더욱 상대하기가 까다로웠다.

반면, 독고설보다 더 상위의 고수인 하일은 힘겹게 싸움을 이어 나갔다. 그는 무공 실력이 떨어지는 수란을 도우면서 싸워야 했기에 그랬다.

하지만 수란이 위기를 한차례 넘길 때마다 하일의 검이 매섭게 움직였고, 복면인들이 하나씩 죽어 나갔다.

그렇게 반 각의 시간이 지나가자 달려들던 복면인들이 갑자기 멈추고는 뒤로 빠졌다. 대신 여덟 명이 앞으로 나섰는데, 그들의 기도가 자못 예사롭지 않았다.

하일이 흘낏 뒤를 보고 독고설에게 말했다.

"필멸단의 조장들일 겁니다."

"……."

"빠져나가야 합니다. 계속 싸우면 불리한 건 우립니다."

굳이 하일의 조언이 없더라도 독고설 역시 잘 알고 있었다. 이런 식으로 싸움이 전개되면 결국 체력과 내공이 먼저 소진하게 될 테니까. 하지만 고개를 저으며 강하게 말했다.

"풍운을 두고 갈 수는 없어요."

독고설의 단호한 말에 하일은 쓴웃음을 깨물었다.

사실 그는 풍운에게 화가 나 있었다. 풍운을 이해할 수 없기 때문이다.

심마에 빠진 상태라 해도 절대고수는 절대고수다. 그가 존재함으로 인해 자신도 크게 위기감을 느끼지 않은 것이 사실이다. 상황이 약간 꼬이더라도 그와 함께 협력하면 충분히 포위망을 뚫을 수 있다고 생각했으니까.

그런데 왜 풍운은 스스로를 위험 속으로 몰아넣었을까?

정말 항간에 도는 소문처럼 풍운과 황보연이 사랑하는 사이여서일까?

아니, 그런 것 같지는 않았다. 그랬다면 황보연이 인질로 잡힌 것을 봤을 때 눈이 뒤집혔을 테니까.

풍운이 황보연의 비명을 듣고 돌아섰을 때, 그의 목소리에선 일체의 절박함도 느껴지지 않았다. 스스로의 실력을 믿는 자신감과 여유만 있을 뿐.

그런데 왜 갑자기 풍운은 얼토당토않은 무리수를 던진 걸까?

역시…… 아무리 무공 천재라 해도 어린 나이는 어쩔 수 없는 건가?

경험까지 천재일 수는 없는 노릇이니.

하일은 엷은 한숨과 함께 잠깐의 상념을 털어내고는 작금의 상황에 집중했다.

어찌 됐든 시간을 돌이킬 수는 없다. 그렇다면 적의 포위망 중 어느 부분이든 느슨해지는 곳을 노릴 수밖에.

그 틈이 생기면 수란 문주의 허리를 한 손으로 채 빠져나갈 결심을 굳혔다.

이제 검봉과 풍운까지 챙겨서 빠져나간다는 것은 과욕이었다. 비정하지만 현실적인 결론.

한편, 황보연은 제 등에 박힌 비수는 신경도 쓰지 않은 채 풍운에게만 집중했다. 여전히 경련을 일으키고 있는 그의 몸을 눕히고는 하단전이 있는 아랫배를 부드럽게 눌러 댔다.

만약 그녀가 상당한 고수였다면 명문혈에 자신의 공력을 주입해서 풍운의 폭발하는 기운을 진정시키려고 했을 것이다. 하지만 그녀는 그 정도의 고수가 아니었다.

그리고 어떤 의미에서 그건 오히려 다행이었다. 어떤 고수라도 그런 시도를 했다가는 풍운과 시전자 모두 주화입마에 빠지기 딱 좋았으니까.

어쨌든 그녀도 무가에서 태어나 자랐으니 귀동냥한 것이 적지 않았다. 하단전 주변을 만져 주는 것만으론 큰 효과를 기대할 수는 없으나, 지금으로서는 최선이었다.

귀에 천둥처럼 계속 박혀 들어오는 칼 부딪치는 소리와 고함, 그리고 비명. 당장에라도 누군가의 칼이 자신의 목을 날려 버릴 것 같았다.

하지만 황보연은 전혀 아랑곳하지 않고 풍운의 배를 문질렀다. 그러다가 풍운의 손이 너무 심하게 경련을 일으키는 것을 보고는 제 손으로 그 손을 잡았다.

순간, 그녀는 풍운의 손을 놓칠 뻔했다. 지독하게 뜨거운 탓이었다.

"아!"

황보연은 풍운의 몸속에서 폭주하는 기운이 어떻게든

밖으로 나가려 손으로 집중되고 있다는 것을 깨달았다. 방금 전까지만 해도 그의 팔과 손을 통해 가공할 기운이 뿜어져 나갔으니까.

황보연은 입술을 질끈 깨물고 풍운의 손바닥을 마주 잡았다. 그러고는 눈을 빛내며 자신의 일천한 내공을, 너무도 보잘것없어서 복면인들도 무시해 점혈하지 않았던 그 공력을 슬며시 풀어놓았다.

"흡!"

황보연은 비명이 터져 나올 것 같은 고통에 눈을 홉떴다.

예전, 가문의 어르신께 들었던 말씀이 옳았다. 상당한 고수는 무의식중에도 자신의 몸을 보호한다는.

자신은 약간의 공력만 풀어놓았을 뿐인데, 맞잡은 풍운의 손에서 어마어마한 기운이 봇물 터지듯 쏟아졌다.

황보연의 내공을 외부의 공격이라고 판단한 풍운의 기운이 스스로 움직여 밖으로 분출되는 것이었다.

콰콰콰아아아아아!

황보연의 얼굴이 삽시간에 핼쑥해졌다. 그녀의 악물린 입술 사이로 침이 새어 나오더니, 이내 핏물이 줄줄 흐르기 시작했다. 코에서도 혈흔이 비치더니, 피가 쏟아졌다. 눈의 시신경이 터져 흰자위가 붉게 물들었다.

그녀의 손이 터져 나갈 것 같았다. 그리고 팔과 몸이

금방이라도 폭발할 것처럼 격렬하게 경련했다.

참을 수 없는 고통에 정신이 아득해졌다. 사람이 이렇게 죽는구나 하는 생각이 들었다.

그러나 황보연은 끝내 손을 놓지 않았다. 아니, 더 힘껏 잡으며 피눈물을 펑펑 흘렸다. 그렇게 그녀의 의식이 서서히 수면 아래로 가라앉았다.

3

쨍쨍, 쩌어엉!

어둑어둑한 공간에 화려하게 피어나는 불꽃들.

필멸단의 단주와 일곱 조장은 독고설과 하일을 숨 돌릴 틈도 없이 몰아붙였다.

그러길 일각.

하일이 수란을 향해 외쳤다.

"문주님께선 뒤로 빠지십시오!"

수란의 얼굴이 곤혹스러움으로 붉게 달아올랐다. 하지만 자신이 오히려 하일의 움직임에 방해가 된다는 것을 알고 있기에 지체 없이 빠졌다. 그녀는 위기 상황에서 자존심을 내세울 만큼 어리석지 않으니까.

그렇게 안쪽으로 물러나다가 풍운과 황보연을 보고 눈을 치켜떴다.

풍운이 의식을 잃은 것은 알고 있었다. 하지만 황보연도 그 옆에서 손을 꼭 잡은 채 모로 누워 쓰러져 있었다.

그녀의 등에 박힌 비수가 문제였을까, 아니면 자신들이 정신없이 싸우는 사이에 또 다른 암기가 그녀를 덮쳤을까?

수란이 다급한 마음에 둘 사이로 끼어들려다가 숨을 들이켰다.

"푸, 풍운 소협?"

풍운이 눈을 뜬 채 하늘을 보고 있었다. 눈의 초점도 또렷한 것이, 정신을 차린 것이 분명했다.

풍운이 수란을 보며 쓸쓸한 미소를 머금었다.

"잠시만요. 곧 끝나요."

"……?"

"아름답네. 이런 세상을…… 그 사람은 이미 예전에 봤던 거겠지?"

무슨 말일까?

수란은 고개를 갸웃거리다가 자신도 모르게 흠칫 몸을 떨었다.

절대고수의 자격.

그 자격에는 많은 얘기가 전설처럼 떠돈다.

아까 하일이 언급했듯이 검강이나 이기어검이 대표적이다.

그것처럼 또 다른 자격이 있다.

이마의 상단전이 열리고 새로운 세상을 볼 수 있는 경지.

형형색색의 기가 자유롭게 세상을 부유하고 휘몰아치며, 때로는 폭발하는 광경들. 그걸 수많은 꽃송이들이 바람에 어지럽게 흩날린다 하여 천화난추(千花亂墜)라 부른다.

아름답고 혹은 기묘한 그 광경을 보기 위해서는 생사현관(生死玄關)이 열려야 한다.

어지간한 고수도 바라볼 수 없는, 까마득한 경지인 오기조원, 등봉조극의 단계마저 넘어서야 다다를 수 있다는, 그야말로 전설의 경지인 생사현관.

그 말인즉, 절대고수를 넘어서 정파의 전설로 내려오는 무신의 경지에 오를 자격까지 갖췄다는 것을 뜻한다.

즉, 검강이나 이기어검처럼 형식적인 절대고수가 아니라 진정한 절대고수가 되었다는 의미였다.

무신지경(武神之境)마저 바라보는 절대고수.

무신지경은 마도인들이 마신지경을 전설로 추앙하는 것과 같은 지고무상한 단계다.

수란은 찰나 뇌리를 관통한 생각에 헛웃음을 흘리며 고개를 절레절레 저었다.

생사현관은 검강이나 이기어검과는 차원이 다르다. 단

순히 내공만 심후하다고 성취할 수 있는 단계가 아니다.

무학에 대한 깊은 통찰과 천부적인 재능, 부단한 노력, 그리고 심후한 내공이라는 사박자가 모두 갖추어져야 한다. 그 위에 목숨마저 도외시한 도전이 끊임없이 이어질 때, 하늘이 어느 순간 한 번의 기회를 준다고 알려져 있다.

그야말로 천 년에 한 명 탄생할까 말까 한 경지인 것이다.

풍운의 나이 이제 고작 스물하나.

지금 초절정이니 절대니 하는 것도 어마어마한 반칙이고 돌연변이인데, 무신의 경지에 돌입할 준비를 마쳤다고?

차라리 낙타가 바늘구멍으로 들어간다는 말을 믿지.

수란은 자신의 지나친 상상력을 자책했다. 풍운은 지금 정상이 아니니, 환각을 보고 있는 것이리라.

"풍운 소협, 정말 괜찮은 거예요?"

그녀의 음성은 초조했다.

귓가를 연신 두드리는 커다란 쇳소리가 그녀를 불안하게 만들었다. 차라리 칼을 들고 싸울 때가 속 편했다.

풍운은 대답하지 않았다. 어느새 떴던 눈마저 다시 감아버렸다. 다시 의식을 잃은 건지, 잠에 빠져든 건지, 알 수조차 없었다.

수란은 그런 풍운을 보며 아쉬워했다.

아직 내상이 심한 건가? 하긴 운기조식할 시간도 없었으니, 그게 당연한 거다.

수란은 독고설과 하일이 위태로운 싸움을 이어 나가는 모습을 흘낏 보고는 품속에서 금창약을 꺼냈다.

우두커니 싸움을 지켜볼 수만은 없는 일. 작은 일이라도 일단 해야 했다.

그녀는 황보연의 등에서 비수를 빼내고는 약을 바르다가 눈을 치켜떴다.

툭, 데구루루. 툭, 데구루루.

풍운의 몸에서 쇠구슬이 저절로 빠져나오고 있었다. 더기가 막힌 건, 풍운의 몸이 땅에서 약간 떠올라 있다는 것이다.

수란이 아연한 눈으로 풍운의 얼굴을 보았다.

여전히 눈을 감고 있는 그는 마치 잠을 자는 것처럼 보였다.

"풍운 소협?"

"……."

"풍운 소협."

수란이 풍운 곁으로 바투 붙어서 그의 어깨를 가볍게 흔들려고 했다. 그때, 풍운이 다시 눈을 뜨며 빙그레 미소 지었다.

"잠깐만요."

수란은 풍운의 안색이 좋아진 것을 보며 입술을 꾹 깨물었다가 말했다.

"내상이 심하지 않으면 도와야 할 것 같은데……."

그녀의 말따마나 지척에서 벌어지는 전투 상황은 매우 좋지 않았다.

독고설이 필멸단 조장 세 명을, 하일은 필멸단주가 포함된 다섯을 상대로 어려운 싸움을 하고 있었다. 독고설과 하일 중 지금 당장 누군가 쓰러진다 해도 전혀 이상하지 않을 만큼 급박한 상황이었다.

게다가 수십여 명의 적들은 철통같은 포위망을 굳건하게 갖춘 채 도망칠 곳을 원천봉쇄한 상태였다.

수란이 다시 채근했다.

"이러다가 정말 돌이킬 수 없게 돼요. 힘들더라도 도와줘야 해요."

그녀의 어조에서 억울하다는 느낌과 부아가 물씬 풍겼다. 사실 이런 위기에 처하게 된 것은 모두 풍운 때문이었다. 그가 포위망을 뚫고 빠져나가는 것을 거절했고, 또 제멋대로 폭주하다가 쓰러져 버렸으니까.

풍운은 누운 채 대꾸했다.

"둘 다 아직 괜찮아요. 그리고 때로는…… 목숨을 걸고 싸울 필요도 있는 법이죠."

수란은 풍운의 방관자 같은 안이한 모습에 기가 막혔다.

"지금 그걸 말이라고 해요? 대등? 나쁘지 않아 보여요? 참나, 둘 다 피투성이인 거 안 보이나요?"

풍운은 고개를 돌려 황보연을 보았다. 그러다 깊은 한숨을 내쉬더니 중얼거렸다.

"술빚에 단전 빚까지 졌네. 제길."

수란이 풍운에게 싸울 수 있으면 일어나라고 다시 채근하려다가 눈살을 찌푸렸다.

"단전요?"

"예, 황보 소저 덕분에 제 단전이 살았어요. 그리고…… 소저는 단전을 잃었고."

"……."

"폐인이 되는 건 어찌어찌 막았는데…… 휴우우, 정말 황보 소저는 제 취향이 아닌데…… 책임을 져야 하는 건가?"

수란의 입가가 씰룩거렸다. 턱까지 차올랐다가 밀어냈던 부아가 단숨에 올라와 혀끝까지 도달했다. 지금 이런 상황에서 남녀 사이를 운운하는 건가?

낮지만 차가운 말이 그녀의 입술 사이에서 흘러나왔다.

"그러니까 어쨌든, 지금 풍운 소협은 상태가 많이 호전됐다는 말이죠?"

"그렇긴 한데, 설이 누님도 목숨을 걸고 싸우는 건 좋은 경험이……."

수란이 말을 끝까지 듣지도 않고 손으로 풍운의 허벅지를 내려쳤다.

짝!

"당장 일어나서 돕지 못해요? 지금 이 사달이 난 게 누구 때문인데. 그리고 풍운 소협이 그런 말 하지 않아도 검봉은 늘 목숨을 걸고 싸운다고 들었어요."

역정을 내고 있지만, 그녀의 입가는 부드럽게 호선을 그렸다. 풍운이 정상이 아니라 해도 그의 존재는 이 어려운 상황에 한 줄기 빛과 같았으니까.

풍운이 미간을 접으며 상반신을 일으켰다. 그 모습을 본 복면인들이 독고설과 하일을 향한 공격을 멈추고 주춤거렸다.

독고설이 거칠게 호흡하며 앞을 견제하며 말했다.

"풍운, 괜찮은 거야?"

풍운이 퉁명스러운 어조로 답했다.

"일찍도 물어보시네요. 아까 제 상황이 어떤지 알았다면……."

독고설이 그의 말허리를 끊었다.

"애들처럼 투정 부리지 마. 네가 왜 평소와 다른 이상한 선택을 했는지는 몰라. 하지만 네 선택이니 존중해. 대신 그 결과도 네 몫인 거야.”

“너무 매정한 거 아니에요?”

여전히 심드렁한 어조이나 풍운도 잘 알고 있었다. 독고설이 한가하게 자신의 몸 상태를 확인할 시간 따위는 없었다는 것을.

독고설은 이선에 있던 복면인들까지 합세해 다가오는 모습을 보면서도 여유를 잃지 않고 웃었다.

“호호호, 주화입마 걸려서 폐인이 되어도 넌 내 동생이야.”

“그 거짓말, 믿을게요.”

독고설은 속으로 웃으며 전음을 보냈다.

[호호호, 수안 파파가 계셔서 그랬어. 그분께서 나에게 단전이 망가져도 하루만 지나지 않으면 회복시킬 수 있다고 했거든.]

풍운의 눈이 빛났다.

[정말이에요?]

[그래.]

풍운은 쓰러져 있는 황보연을 흘낏 보고 짙게 미소 지었다. 그렇다면 단전 빚은 갚을 수 있다. 그러니 못난이를 굳이 책임질 필요는 없다는 뜻이지.

홀가분했다. 그런데 왠지 기분이 나아지진 않았다.

왜 채무 관계가 이렇게 끝나지 않을 것 같지?

한편, 둘의 대화에 수란은 기가 막혔다.

이 인간들은 정말이지, 두려움이란 감정이 없나 싶었다. 처음부터 끝까지 긴장하는 모습을 보이지 않는 게 이젠 신기할 지경이었다.

하일이 초조한 기색으로 끼어들었다.

"풍운 소협, 진기를 어느 정도 가라앉힌 것 같은데, 힘을 합쳐 빠져나갑시다."

그는 고개를 돌려 수란에게 말을 이었다.

"문주님, 죄송하지만 수화를 맡아주십시오."

"좋아, 맡겨둬."

"품자진(品子陣)으로 뚫는 게 좋을 듯합니다. 제가 선두, 좌측에 풍운 소협, 우측은 검봉께서 맡아주십시오. 문주님께서는 가운데에서 수화를……."

독고설과 풍운이 동시에 하일의 말을 끊었다.

"도망갈 생각 없어요."

"싸워야죠."

기절한 황보연을 들쳐 메려던 수란이 기가 막혀 말문을 잃었다. 하일도 눈살을 찌푸리다가 말했다.

"현실을 직시해야 합니다. 풍운 소협은 내상을 입었고, 검봉께서는 세 간부를 상대하는 것도 벅차 하셨죠."

독고설이 곧바로 반박했다.

"저도 하일 호위님처럼 제대로 싸우지 못했으니까요."

"……."

"뒤에 있는 부상자를 지키면서 싸우는 게 쉽지는 않았으니까. 하일 호위님도 수란 문주님 때문에 마찬가지였으니 잘 아실 텐데요."

그때, 다가오던 복면인들 중 몇몇이 팔을 휘둘렀다. 동시에 독고설 일행에게 쏟아지는 암기들.

모두가 눈을 부릅뜨고 피하거나 막을 채비를 하는데, 풍운만 담담한 표정이었다.

그가 불쑥 한 손을 뻗었다.

순간, 무서운 속도로 짓쳐 들던 쇠구슬들의 속도가 현저하게 느려지기 시작했다.

풍운이 흐릿하게 미소 짓더니 중얼거렸다.

"역시 되네."

수란이 기함하며 탄성을 내질렀다.

"세상에!"

쇠구슬들이 느릿느릿 다가오다가 풍운과 가까워지자 땅으로 후드득 떨어졌다.

잠깐의 정적이 흐르고, 복면인들의 잇새 사이로 신음이 흘러나왔다. 앞쪽에 있던 복면 조장들도 눈을 치켜뜨며 뒤로 주춤주춤 물러났다. 그들 중 한 명이 떨리는 음성으로 중얼거렸다.

"진짜 절대고수였던가. 아까 무리해서 탈난 게 아니

었나?"

하일은 불신의 눈빛으로 풍운을 보다가 고개를 절레절레 젓고는 말했다.

"심마를 벗어나 진짜로 올라섰군요."

독고설이 기쁨과 부러운 표정을 지었다.

"축하하는데, 정말 천재는 싫다. 다른 생물 같아. 너는 정말…… 아휴, 말을 말아야지."

풍운은 앞으로 나서며 말을 받았다.

"누님도 목숨을 걸어요, 절박한 심정으로. 그래야 강해질 수 있는 거라고요."

수란은 이제야 자신들이 위험에서 벗어난 것이 실감된다는 듯 웃다가 눈살을 찌푸렸다.

"좋긴 한데, 왠지 재수 없어 보이네요."

독고설이 동의의 낯빛으로 고개를 끄덕이다가 검을 칼집에 집어넣었다. 그녀가 황보연을 부축하려는 수란을 도우려고 하자, 하일이 씁쓸한 얼굴로 입을 열었다.

"제가 해도 될 것 같습니다."

그가 황보연을 업었다.

그들이 그러는 동안 풍운은 양팔을 좌우로 뻗으며 손바닥을 활짝 펼쳤다.

스스스스스슷.

주변에 떨어져 있던 수많은 쇠구슬들이 허공으로 떠올

랐다. 그걸 바라보는 복면인들의 눈에 공포가 어렸다.

이놈을 잡으려면 흑살진을 펼쳐야 한다. 그러나 지금의 인원으로는 무리다. 무엇보다 다시 전열을 정비할 시간이 없었다.

그렇다면 남은 방법은?

후퇴밖에 없다. 다음 기회를 도모하는 것이 가장 현명하다.

하지만 풍운은 상대가 도망가는 것을 용납할 생각이 없었다.

그의 손이 흔들렸고, 떠올라 있던 쇠구슬들이 사방으로 폭사했다.

쇄애애애애액!

파파파파팍, 쨍쨍쨍쨍쨍, 파파파팍!

쇠구슬에 당하며 쓰러지는 이들과 용케 칼로 튕겨내는 고수들, 그리고 몸을 피하는 자들.

"으아아아악!"

"끄어어억!"

비명이 사방에서 빗발치고, 고함도 뒤따랐다.

"후퇴, 후퇴하라!"

풍운의 손이 뒤로 뻗었다. 그러자 삼 장여 거리에 떨어져 있던 그의 칼이 빨리듯이 손으로 쑥 들어왔다.

퍼엉!

그의 신형이 자리에서 사라졌다. 그러고는 우르르 퇴각하던 이들의 앞에서 그 모습을 드러냈다.

"헉!"

선두에서 달리던 이가 갑자기 앞에 나타난 풍운을 보고 헛바람을 토해냈다.

슈각!

"킥!"

검광이 폭발했다.

쇄애애애액!

어두운 공간이 셀 수도 없는 검으로 가득 찼다.

퍼퍼퍼퍼어어엉!

초승달 모양의 강기마저 소낙비처럼 허공을 들이쳤다.

쩌어엉, 쩡!

누군가가 칼을 막아낸다. 하지만 적지 않은 이들, 특히 공력이 떨어지는 자들은 비명을 질러 대며 속수무책으로 무너졌다.

"너, 너무 빨라…… 큭."

"끄아아아아아악!"

수십여 명이 질러 대는 비명과 아우성이 동시에 일어나니, 마치 한 사람이 절규하는 것처럼 들릴 지경이었다.

파파파파파아앗!

풍운의 동체가 동에 번쩍, 서에 번쩍했다. 마치 분신술을 쓰는 것마냥 그의 검과 함께 사방에서 복면인들을 상대했다.

칼로 찌르고, 벤다. 쑤셔 넣고, 후려친다.

파아앗!

풍운이 예닐곱 명이 몰려 있는 한가운데에 불쑥 나타났다. 그러자 놀란 복면인들의 칼이 삽시간에 파고든 풍운에게 집중됐다.

쨍, 쨍쨍, 서걱!

풍운의 검이 복면인의 검에 부딪쳐 이리저리 튕겨 나가는 듯싶었는데, 하필 그 방향에 다른 복면인이 있다가 목이 잘렸다.

필멸단의 조장 한 명이 다급히 검기를 쏟아냈다.

파파파파파아아앗.

풍운은 쇄도하는 검기를 보며 검을 부드럽게 빙글 돌렸다.

팅팅팅팅티이이잉!

검기가 검에 튕겨 나가며 사방으로 퍼졌다. 그리고 그 검기들이 또 복면인들에게 적중했다.

"으아아악!"

얼굴 정면에 검기를 맞은 이가 고꾸라지는데, 어느새 그 앞에 풍운이 와 있었다.

콰직!

슬격(膝擊).

풍운의 무릎이 엎어지는 이의 얼굴을 후려치고 뒤돌아 검을 때렸다.

서걱. 쨍! 서걱.

한 사내의 목을 베고 나오던 검이 옆 복면인의 칼에 튕겼고, 그로 인해 풍운의 검이 후위로 돌아 뒤에서 덮치는 복면인의 가슴을 찢었다.

파라라라라.

풍운의 옷이 바람에 펄럭였다. 얼핏 사라지는 듯싶더니, 사 장여 거리에서 홀연히 나타났다.

그 압도적인 광경에 수란은 얼어붙었다.

"저, 저게 절대고수의 힘?"

특히 독고설의 얼굴은 잔뜩 긴장된 표정이었다.

예전과 확연하게 달라졌다.

소름 끼치는 빠름이 풍운의 장점이었다. 그런데 지금은 그 빠름에 변화가 얹혀 있었다. 예전엔 한순간에 백 번의 찌르기를 해내는 풍운이었다. 그런데 지금은 그 백 번을 연격으로 승화시켜 버렸다.

"너는 정말이지…… 후우우."

하일 역시 침을 삼키며 입술을 깨물었다. 약관을 갓 넘긴 저 사내는 자신이 알고 있는 천존들을 이미 넘어섰다.

그가 얼굴을 보지 못한 두 명의 천존을 제외하면, 십천백지의 어느 누구도 저 풍운이라는 청년을 이기기 어렵겠다는 확신이 들었다.

"이건…… 정말 반칙이군."

그의 씁쓸한 혼잣말이 끝나는 순간, 평야를 떠돌던 비명이 뚝 끊겼다.

흑야의 필멸단 중 한 사람을 제외하고 모두가 쓰러져 있었다. 어떤 이는 이미 죽었고, 누군가는 신음을 흘리며 뒹굴거렸다.

유일하게 서 있는, 왼쪽 어깨에 부상을 입은 필멸단주가 오한이라도 나는 듯 부르르 떨다가 물었다.

"대, 대체 너는 누구냐?"

질문이 끝나기 무섭게 복면 안 그의 얼굴이 일그러졌다. 저놈이 풍운이라는 애송이인 것을 알고 있기에.

풍운은 그의 질문을 무시하고 물었다.

"우리 검봉 누님을 노렸나요? 아니, 다시 묻죠. 왜 검봉 누님을 노렸죠?"

"……."

"몇 가지 질문에 답하면 당신의 목숨은 살려주죠."

필멸단주가 한차례 심호흡을 하더니, 피식 웃었다.

"후훗, 인정하마, 너의 강함을. 그 나이에……. 하지만 기억해라. 우리의 복수는 그분들께서 해주실 것이니, 네 놈도 곧 우리 뒤를 따라오게 될 것이다."

풍운은 짐작 가는 바가 있다는 표정으로 침묵하다가 아는 척하며 미끼를 던졌다.

"난 천존 따위는 두렵지 않아요."

필멸단주가 눈살을 찌푸렸다가 고개를 끄덕였다.

"그래, 네놈은 그런 말을 할 자격이 있다. 하지만 결국 깨닫게 될 거다. 머지않아 진짜 하늘을 보는 날, 네 놈의 무력함을."

"훗, 천존 맞았네."

"······."

"한 가지 알려줄까요? 무림맹 총타에서 죽은 천존 두 명. 그들 중 한 명은 내가 없앴죠. 육존이라고. 천존이라도 별거 없던데."

필멸단주의 눈이 경악으로 화등잔만 해졌다. 그의 몸이 격노로 부들부들 떨렸다. 그의 노염이 담긴 노성이 허공을 두드렸다.

"그래, 마음껏 까불어라! 진짜 하늘을 보는 날, 그만큼 더 절절하게 후회하게 될 테니까! 격이 다른 힘이 존재한다는 것을 깨달으며 죽어가게 될 것이다. 네 소중한 사람들이 죽어 나가도 너는 손끝 하나 움직이지 못하는 무력감으로 피눈물을 흘리게 될 것이리라!"

4

하일이 다급하게 끼어들었다.

"잠깐! 그 진짜 하늘이란 게 누구지?"

필멸단주가 흥분을 가까스로 억누르고는 천천히 고개를 뒤로 돌려 하일을 쏘아보았다.

"네놈, 몇 번 죽일 기회가 있었다. 그런데 손쓰지 않았지."

하일은 이미 짐작하고 있었다는 얼굴로 담담하게 대꾸했다.

"내 기운과 무공이 왠지 익숙해서 그랬겠지. 그래서 생포해 이유를 알아내려고. 어쨌든 나도 전력을 다 보인 건 아니야."

"크크큭, 역시 배신자였군."

"정신을 차리고 쓰레기 구덩이에서 나온 것으로 하지. 다시 묻겠다. 하늘이면 하늘이지 진짜 하늘도 있나? 혹시 일천과 이천의 천존들을 말하는 건가?"

필멸단주의 얼굴이 일그러졌다. 그러나 복면 속에 숨겨져 있어 아무도 그의 표정을 볼 수가 없었다.

필멸단주가 침묵하자 하일이 재우쳐 물었다.

"그 두 쓰레기를 말하는 거지? 비원과 십천백지의 정기 모임에도 나오지 않는 두 놈."

도발이었다. 필멸단주가 흥분해 반박하기를 기대하며.

필멸단주가 발을 뗐다. 그러고는 천천히 하일을 향해 걸으며 말했다.

"배신자, 전력을 다하지 않았다고 했나? 그럼 나와 제대로 붙어볼 자신이 있나?"

하일은 업고 있던 황보연을 내려놓고는 앞으로 마주 걸었다.

"좋아. 대신 방금 내가 한 질문에 답을 준다면."

"……."

"싫다면 풍운 소협에게 양보할 수밖에."

필멸단주가 이를 갈며 대꾸했다.

"좋다. 네놈이 날 이기면 궁금증을 풀어주지."

"네가 그렇게 믿는 진짜 하늘을 향해 맹세하나?"

필멸단주의 눈동자가 살짝 흔들렸다. 그러나 거침없이 나아가며 대꾸했다.

"배신자를 황천길 동무로 삼는 일이니, 하늘께서도 용서하실 것이다."

둘의 거리가 빠르게 좁혀졌다.

그걸 지켜보던 독고설이 한숨을 푹 내쉬고는 말했다.

"하여간 남자들이란."

수란이 삼 장여 떨어져 있는 그녀를 보며 피식 웃고는 말을 받았다.

"그래도 나는 사내들이 저렇게 일대일로 싸우는 모습을

보면 짜릿하던데요? 하일 호위가 단박에 저놈을……."

수란의 말이 끊겼다.

두 사내가 서로를 향해 달려드는데, 필멸단주가 급히 방향을 옆으로 튼 것이다.

그가 있는 내공을 모조리 폭발시키며 독고설을 향해 쏘아져 들어왔다. 수란이 기함해 독고설에게 피하라고 경고하려다가 멍한 표정을 지었다.

독고설은 어느새 검을 뽑아 들며 아까의 말을 이어서 중얼거리고 있었다.

"예쁜 건 알아 가지고."

수란은 그저 침묵했다.

쇄애애액. 파앗. 쩡!

독고설이 필멸단주의 칼을 비스듬히 튕겨내는 것이 아니라 정면으로 받고 있었다. 그것도 갑자기 한 발을 앞으로 불쑥 내밀며.

둘이 한 걸음씩 뒤로 물러났다. 그와 동시에 다시 붙었다.

쩌엉!

"네년은 내 인질이다!"

"넘보지 마! 임자 있으니까!"

쇄애애액. 쩽쩽쩽, 쩽쩽!

필멸단주가 한쪽 어깨를 부상당해서인지 독고설은 계속

정면으로 칼을 받았다.

수란이 황보연을 둘러메고 옆으로 피하면서 풍운과 하일에게 도움을 요청하려다가 입술을 깨물었다.

하일은 어느새 그녀 옆으로 다가와 있었지만, 싸움에 끼어들지 않았다. 풍운도 천천히 걸어올 뿐, 태평했다.

수란이 하일에게 말했다.

"도와야……."

하일이 쓰게 웃고 대꾸했다.

"풍운 소협과 검봉이 동시에 전음으로 말했습니다."

"……."

"끼어들지 말라고."

쇄애애애액.

필멸단주의 칼이 독고설의 얼굴로 파고들었다.

팅!

독고설이 검신으로 상대의 칼을 쳐내며 일갈했다.

"느려!"

파파파파파아앗, 쨍쨍쨍쨍쨍!

독고설의 검이 무서운 속도로 필멸단주의 몸 여기저기를 찔러 댔다. 놀란 필멸단주가 감히 공격할 생각도 못하고 막기에 급급할 정도로.

하일이 쓰게 웃으며 중얼거렸다.

"정말 검봉도…… 전력으로 싸우지 못했던 것이 맞

군요."

풍운이 아직 멀찍이에서 대꾸했다. 물론 그가 풍운이라는 것을 감안하면 아주 가까운 거리나 진배없지만.

"저와 자주 비무를 하니 저 정도의 칼은 하루 종일도 막을 수 있을걸요?"

수란은 입술을 깨물었다. 이쯤 되면 검봉의 정확한 경지가 궁금할 지경이었다.

빠각.

독고설의 팔꿈치가 필멸단주의 뺨을 강타했다. 그가 핑그르르 옆으로 돌다가 엉거주춤 자세를 잡는데, 독고설이 짓쳐 들었다.

쇄액, 푹.

"컥!"

옆구리를 찔린 필멸단주가 신음을 뱉으며 또 물러났다. 피한다고 피했는데, 그 방향을 미리 예상하고 들어온 검봉의 칼에 당한 것이다.

쨍쨍쨍, 째애앵!

독고설은 미친 듯 검을 휘두르며 외쳐 댔다.

"왜 임자 있는 여자를 납치하려고 그래? 날 노린 그 머저리 하늘에게 똑똑히 전해! 난 천 공자 거라고. 그리고 천 공자님은 내 거야. 만약 그분을 건드리면 하늘이고 뭐고 다 찢어발길 거야!"

쇄애액. 팟!

필멸단주의 목젖 앞에 독고설의 검첨이 닿았다.

필멸단주는 아연한 눈으로 독고설의 칼을 보며 숨을 헐떡였다. 때문에 꿀렁이는 목젖이 검첨에 살짝살짝 닿았고, 그때마다 몸이 진저리를 쳤다.

독고설의 차가운 눈이 필멸단주의 눈에 파고들었다.

"내가 한 말 기억하지?"

"그렇……."

파앗!

필멸단주의 검이 독고설의 가슴으로 파고들었다.

독고설이 눈살을 찌푸리며 물러나는데, 하일의 검이 날아들었다.

파직.

그의 칼이 독고설에게 달려들던 필멸단주의 옆통수에 박혔다.

부르르르.

필멸단주는 몸을 떨다가 고꾸라졌다.

하일이 말했다.

"이들은 임무를 실패하면 어차피 자진해야 합니다. 그래서 끝까지 싸울 수밖에 없습니다."

"하지만…… 나는 이들의 배후에 경고를 하고 싶었어요."

하일이 손으로 평야를 가리켰다. 풍운에 의해 쓰러진 복면인들. 분명 조금 전까지 신음을 흘리는 이들이 많았는데, 지금은 일체의 소음도 없었다.

"어금니에 숨겨두었던 독단을 깨물고 자진한 겁니다."

독고설은 죽은 필멸단주를 물끄러미 내려다보다가 하일에게 시선을 던졌다.

"아까부터 느꼈지만, 당신은 이들에 대해 많은 것을 알고 있군요. 단순히 하오문의 뛰어난 정보력 때문인가요?"

수란이 입맛을 다시며 웃다가 말했다.

"호호호, 그건 영업상 비밀이에요."

"우리 사이에 이제 그 정도는 얘기해 줄 수 있는 것 아닌가요? 대충 눈치도 챘는데."

수란은 한참을 침묵하다가 대꾸했다.

"미안해요. 천 분타주가 살아 돌아오면 얘기할게요. 나는 정말이지, 인간적으로 당신이 좋아요. 풍운 소협도 마구 좋아질 것 같고요. 하지만…… 정파인 당신들과 사파인 내가 이렇게 우호적일 수 있는 건, 어디까지나 천 분타주가 있기에 가능한 거예요."

"……."

"천 분타주의 부탁이 있어서 이렇게 당신들과 협력하고 있지만, 너무 많은 것을 바라진 마세요. 만약…… 그가 죽으면 우리 사이는 그 시간부로 끝이에요."

황보연 옆에서 몸의 상태를 파악하던 풍운이 눈살을 찌푸리며 퉁명스럽게 끼어들었다.

"방금까지 함께 싸웠는데, 너무 매몰차시네요."

"그러니까!"

수란이 목소리를 높였다가 입술을 깨물었다. 그러다 한 차례 심호흡을 하고 차분하게 말을 이었다.

"제발 천 분타주 좀 제대로 챙겨요. 그 사람은 대체 목숨을 여벌로 가지고 있는 것처럼…… 천마검처럼 강하면 말도 안 하겠는데…… 검봉, 아직 모르겠어요? 저들이 당신을 노린 건 바로 천 분타주 때문이에요. 지금은 측근을 노리지만, 곧 그 마수가 천 분타주에게 직접 향하게 될 거라고요."

독고설이 수란이 말하는 것을 빤히 듣고 있다가 소리 없이 웃고 고개를 끄덕였다.

"그러죠."

"말로만 그러지 말고 제대로 챙기라고요."

"예."

두 여인 사이에 잠깐 침묵이 흘렀다. 그러다 수란이 먼저 입을 열었다.

"그럼 다음에 보죠."

그 말을 끝으로 하일과 함께 어둠 속으로 총총히 사라졌다. 풍운은 그때까지 이해할 수 없다는 표정으로 보다가 말했다.

"하오문주가 왜 갑자기 성질낸 거예요? 분위기 좋았는데."

독고설이 고개를 들어 컴컴한 하늘을 보며 혼잣말처럼 대꾸했다.

"왜겠어? 여자 가슴에 불안함만 잔뜩 피워놓고 사지로 떠난 나쁜 남자 때문이지."

"⋯⋯."

"훗, 내가 아까 필멸단주에게 했던 말이 거슬렸나 봐. 그 사람이 내 거라고 한 말. 그렇게 말할 거면 제대로 챙기란 뜻이겠지."

풍운이 황보연을 업고 말했다.

"우리도 가죠."

독고설이 고개를 끄덕이며 함께 걸었다. 그렇게 한참 걷다가 구릉 위에서 독고설이 멈췄다.

풍운이 의아한 얼굴로 왜 멈추느냐고 눈으로 묻자 독고설이 손으로 하늘을 가리켰다.

구름 사이로 모습을 드러낸 패왕의 별.

그녀는 그 별을 보고 반가운 표정을 짓다가 갑자기 빽! 고함을 질렀다.

"야! 보고 싶다, 천류영! 많이 보고 싶다! 몸 성히 돌아오지 않으면 내 손에 죽는다아아아!"

섬마검 관태랑은 피곤한 기색으로 눈을 비비다가 자리에서 일어났다. 그가 책상 위의 서류를 챙기는데, 막사의 천을 걷고 한 사내가 들어왔다.

이렇게 기척도 없이 불쑥 자신의 막사로 들어올 수 있는 사람은 단 한 명뿐이다.

관태랑은 서류를 챙기면서 들어온 사람을 향해 시큰둥하게 말했다.

"일각 늦었습니다."

천마검 백운회가 호탕하게 웃으며 관태랑의 책상 앞 간이 의자에 앉았다.

"하하하, 이게 다 자네 때문이잖아. 새벽까지 술을 계속 퍼부으니, 아무리 나라도 당할 재간이 없다고."

그러더니 정말 숙취를 앓는 것처럼 얼굴을 책상에 처박고 엎드렸다.

관태랑이 기가 막힌 얼굴로 항변했다.

"무슨 말도 안 되는 누명입니까? 새벽까지 붙잡고 놔주지 않은 사람이 누구인데!"

"아, 몰라. 자네가 준 술 때문에 아직도 머리가 어질어질해."

"내공으로 몰아내시면 되잖습니까?"

그러자 백운회가 상체를 다시 꼿꼿이 세우더니, 큰일 날 소리를 한다는 표정을 지었다.

"어떻게 벗이 준 술을 내공 따위로 몰아낸단 말인가. 내가 그런 야만적인 행동을 한다면, 폭혈도가 뒤에서 계속 욕할 거라고."

관태랑은 결국 소리 없이 웃고 말았다. 백운회는 마주 웃고는 일어나며 말했다.

"아직 마노사(魔老師)와의 회의는 시간이 좀 남았잖아. 차 한잔하고 가자고."

마노사.

천마신교에서 가장 배분이 높은 원로다.

그의 세수 이백여 세에 가깝다고 알려져 있는데, 아무도 그의 정확한 나이를 몰랐다.

장로회와 원로원의 수장 자리도 까마득히 오래전에 역임했으며, 오십여 년 전(前)부터는 천마동의 문지기를 자처했다.

당시 천마신교의 가장 큰 어른이 천마동의 문지기를 하는 것에 대해 큰 논란이 있었으나, 마노사는 천마동이야 말로 가장 중요한 곳이라며 소란을 잠재웠다.

문지기라는 직함이 그래서 그렇지, 천마동이 중요한 곳이라는 데에는 아무도 이견이 없었으니까.

그러다가 십오 년 전, 백운회가 천마동에 도전하면서 마노사와 인연을 맺게 되었다.

당시 마노사가 너무 어린 백운회를 보며 오 년 뒤에 오면 천마동의 문을 열어 도전하게 해주겠다고 제안했다. 그러자 백운회가 불쑥 손을 들어 하늘을 가리켰다.

그 당돌한 모습에 마노사가 껄껄 웃고는 물었다.

"허허허, 네 꿈은 하늘이 되고 싶은 것이냐?"

열다섯 백운회가 포부를 밝혔다.

"아니, 하늘을 부술 것입니다."

마노사는 백운회의 흔들림 없는 눈을 한참 직시하다가 말없이 천마동의 입구를 열어주었다.

지금은 천마신교의 작은 별채에서 은거하며 조용히 살아가는 인물.

그가 교주와 천마검의 분열을 봉합할 적임자로 원로원과 장로회, 그리고 오대마가에서 만장일치로 뽑혀, 이 군영까지 오게 된 것이다.

백운회는 관태랑이 움직이려는 것을 만류하며 손수 찻물을 끓이고 찻잔을 준비했다. 그 모습을 보며 관태랑은 자신도 모르게 미소를 머금었다.

백운회가 자신뿐만 아니라 동료와 수하들에게 밝고 친근하게 대해주는 것을 잘 알고 있었다.

그의 예전 천랑대주 때의 모습을 생각하면 그야말로 상전벽해와 같은 일이다.

어렵게 해후한 이후 줄곧 그런 모습을 보여주고 있는데, 왜 그러는지 아는 관태랑과 수하들은 기쁘게만 생각하지 못했다.

백운회가 그만큼 자신들을 아낀다는 뜻이기도 하지만, 또 그만큼 외롭다는 의미기도 했으니까.

사실 백운회가 무림맹 총타를 유린하면서 수하들 중 단 한 명도 잃지 않았다는 소식을 금광구로부터 전해 받고는 모두가 흥분했다. 그야말로 무림사에 전무후무한 전설을 쓴 것이 아닌가!

그러나 관태랑은 이내 마음이 아파서 눈물을 훔치고 말았다.

한 명, 단 한 명의 수하도 잃지 않기 위해서 백운회가 얼마나 세심하게 준비를 했을 것인가. 또 무림맹 총타 안에서는 얼마나 촉각을 곤두세우고 수하들을 지켜봤을까.

가장 위험한 자들과 맹렬히 싸웠을 것이고, 가장 뒤에서 가슴 졸이며 수하들을 지켜봤을 것이다.

백운회가 김이 모락모락 올라오는 찻잔을 들고 와 관태

랑에게 건넸다. 관태랑은 잔을 받으며 물었다.

"어제 회의는 왜 안 들어오셨습니까? 대부분의 안건은 어제 다 조율했는데."

백운회는 다시 의자에 앉으며 담담하게 대꾸했다.

"내가 들어가면 천산수사를 죽여 버릴 것 같아서."

부군사, 천산수사.

작년 북해빙궁에서 싸웠던 인물. 그리고 관태랑을 초지명에게 패했다는 이유로 벌거벗겨 아슈힐 산을 넘게 한 인간. 그것도 겨울밤에.

그가 마노사를 수행해 따라온 것이다. 필시 이 군영의 인원과 상황을 파악하려는 의도였다.

관태랑은 쓴웃음을 깨물고 말했다.

"공과 사를 구별하셔야지요. 당한 건 접니다. 그런데 대종사께서 그리 화를 내시면 어떻게 합니까?"

백운회는 슬며시 고개를 돌려 딴청을 피웠다.

"대종사, 십만대산 총타에 있을 우리 새끼들 가족들의 명예를 회복하기 위한 회의입니다."

"알아, 안다고."

"개인적이고 사소한 감정은 버리십시오. 저는 정말 괜찮습니다."

"하하하, 안다니까. 나는 자네의 잔소리가 제일 무섭다고. 알지?"

"아는 분이 어제 회의에 불참하십니까? 마노사께서 어찌나 섭섭해 하시는지, 제가 다 민망했습니다."

"……"

"어제 회의에서 다뤄진 안건은 다 기억하고 계시지요? 새벽까지 술 마시면서 제가 귀에 딱지가 내려앉을 정도로 했으니……. 뭐, 잔소리니 그만하겠습니다. 다른 분도 아니고, 어지간히 잘 파악했으려고요. 이제 시간이 됐으니 일어나십시오."

갑자기 백운회가 정색하며 말했다.

"그런데 말이야."

"……?"

"천산수사, 그놈이 도장을 찍기 전에 나에게 아주 가벼운 부탁을 하나 할 거라고 했지?"

백운회의 물음에 관태랑이 눈을 빛냈다. 관태랑은 입술을 꾹 깨물었다가 고개를 끄덕였다.

"쉬운 건 아닐 겁니다."

"그래. 그렇다고 모든 안건이 다 처리되는 마당에 마지막 부탁을 거절하면 모양새도 좋지 않을 테고."

"너무 걱정하지 마십시오. 사안의 경중을 철저하게 따질 생각이니까요."

백운회가 가볍게 손을 저으며 하얗게 웃었다.

"그 부분에서만 내가 참견할게. 그건 나에게 맡겨줘."

관태랑의 눈이 샐쭉해졌다.

백운회는 지금까지 자신을 매우 존중해 주고 있었다. 그럼으로 신임 천랑대주의 위신을 최대한 세워줬다. 그리고 이번 회의의 전권도 모두 맡겨주었다.

"뭔가 불안한데요?"

"그렇게 하자고."

"저에게 미리 언질이라도……."

백운회가 하얀 미소로 고개를 저었다.

"미안하지만 안 돼. 자네는 반대할 테니까."

관태랑의 불안감이 커졌다.

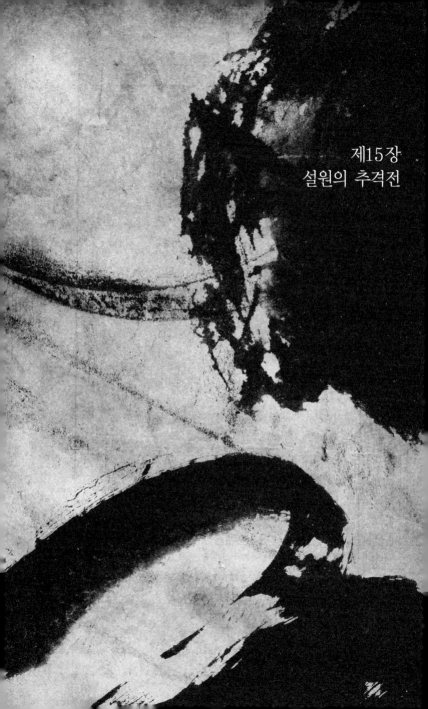

제15장
설원의 추격전

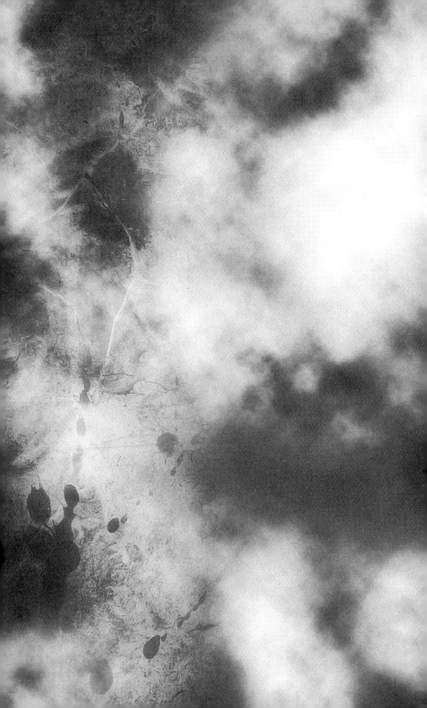

1

백운회와 관태랑이 군영의 가운데 위치한 막사로 들어섰을 때에는 조금 전 당도한 마노사 일행이 찻잔을 받는 중이었다.

마노사가 가운데 앉아 있고, 그의 왼쪽으로 천산수사 부군사가 자리했으며, 오른쪽으로는 호위장이 있었다. 그리고 그들 옆으로도 범처럼 생긴 마인들이 둘씩 있었다.

총 일곱.

마노사가 미소로 백운회를 보는데, 천산수사가 카랑카랑한 목소리로 입을 열었다.

"천마검, 본 교의 최고 어르신을 기다리게 하다니, 자네는 예의도 모르나? 하긴 그걸 알았다면 어제 회의에 불참하지도 않았겠지."

백운회는 고개를 숙여 마노사에게 인사하며 말했다.

"오랜만에 뵙습니다, 마노사."

"허허허. 그래, 고생을 많이 했다는 얘기는 건너 건너 들었다. 그런데 어째 네놈의 신수는 볼 때마다 훤해지느냐? 이러니 중원에서 네 초상화가 불난 듯 팔려 나가는 거겠지. 허허허, 어서 자리에 앉거라."

백발과 가슴까지 내려오는 흰 수염의 마노사는 마인이 아니라 도교의 선인과도 같은 모습이었다. 그가 미소 짓거나 웃을 때는 세상의 어떤 이보다 선해 보이는 인상이었다.

그러나 백운회는 안다.

저 인자한 웃음 뒤로 얼마나 차갑고 가학적인 얼굴이 숨어 있는지. 그는 누가 뭐래도 복마전인 십만대산에서 이백 년을 버틴 대마두였다.

백운회는 마노사의 맞은편에, 관태랑은 그의 오른쪽, 그러니까 천산수사의 앞에 앉았다.

백운회와 관태랑 앞에도 차가 놓이고, 그동안 계속 마노사의 덕담이 이어졌다.

"십 년 넘게 뒷방 늙은이로 지내다가 네 소식을 듣고 얼마나 놀랐는지 모른다. 교주와 어떤 은원이 있었는지는 모르겠지만, 본 교의 꿈인 마도 일통을 위해 힘을 합쳐야 하지 않겠느냐? 권력 다툼이라는 게 다 부질없는 짓이야."

그는 차를 홀짝이고는 계속 말했다.

"오해가 오해를 부르는 게다. 너도 교주에게 섭섭한 것이 있고, 교주 또한 마찬가지 아니더냐? 사랑하는 아들을…… 뭐더라? 뇌악천이었던가? 그 애를 너희가 죽였다니. 휴우우우, 이미 지난 일 따져서 뭐하겠느냐? 대업을 위해 힘을 합쳐야지. 그런 의미에서 네가 먼저 손을 내민 것은 잘한 일이다."

백운회가 미소로 물었다.

"제가 손을 내밀었다 하심은?"

"네가 행동으로 보여준 것을 말하는 거다. 허허허, 고작 오십여 명으로 무림맹 총타를 유린했다니. 그 얘기를 듣고 이 뒷방 늙은이까지 심장이 벌렁벌렁거려서 며칠 잠을 못 이뤘지. 내가 그랬으니 십만대산의 본 교 교도들은 어떠했겠느냐? 허허허."

"어찌 저 혼자서 해낸 일이겠습니까, 출중한 동료와 수하들이 있어서 가능했습니다."

"허허허, 과례는 비례라고 했다. 겸손이 지나치면 좋지 않아."

"그나저나 여전히 정정하십니다. 앞으로도 백 년은 끄

떡없으시겠습니다."

"예끼! 허허허."

마노사가 연신 기분 좋게 웃다가 앞에 놓인 찻잔을 보고는 말했다.

"널 오랜만에 보았는데 차로는 성이 차지 않는구나."

"회의를 끝내고 한잔하시지요. 뭐, 굳이 오늘 떠나셔야 하는 건 아니잖습니까?"

"흐흠, 그럴까?"

그의 옆에 있던 천산수사가 불쾌한 기색으로 차만 홀짝이다가 끼어들었다.

"마노사, 덕담은 나중에 하셔도 되니, 안건부터 처리하심이 어떻겠습니까?"

마노사는 말없이 고개를 끄덕였다. 그때부터는 천산수사와 관태랑의 대화가 이어졌다.

이미 어제 합의한 것들이라 빠르게 안건들이 통과됐다. 그중에서 가장 큰 건이라면 역시 천랑대, 흑랑대를 포함한, 천마검을 따랐다가 박해받은 이들과 그 가족들의 명예 회복과 위로금 지급에 관한 것이었다.

천산수사가 전쟁이 한창 진행 중인데 위로금이 과하다고 딴죽을 걸었지만, 관태랑이 웃으며 받아치자 입을 다물었다.

"앞으로 천하 일통을 향해 함께 싸워야 할 동료입니다.

그 동료와 가족들이 명예롭지 못하다면 전장에 나가 어찌 힘을 쓸 수 있겠습니까? 그리고 그 명예를 어찌 돈으로 환산하려 한단 말입니까?"

그다음부터는 일사천리였다.

그렇게 모든 안건이 처리되고 마지막 최종 날인만 남은 상황에서 지켜만 보던 마노사가 불쑥 입을 열었다.

"한 가지 안타까운 게 있구나."

천산수사가 눈살을 찌푸리며 말을 받았다.

"무엇이 안타까우십니까?"

"계속해서 천하 일통을 위해 함께 싸우자고 하면서, 정작 전투는 함께하지 않는다는 것 말이다."

마교주 뇌황 측에서는 천마검이 전장에 투입되는 것을 반대했다. 대신 지금 사오주의 유혹으로부터 흔들리고 있는 흑천련의 다섯 방파를 다잡아 달라는 요구를 했다.

더 이상 천마검에게 승리의 영광을 주지 않겠다는 의도였다.

순간, 천산수사의 눈에 이채가 스쳤다. 그는 비릿한 미소를 머금으며 말을 받았다.

"마노사께서도 아시다시피 교주님과 천마검의 앙금은 쉽게 풀릴 수 없는 것입니다. 다만, 대업을 위해 힘을 합치는 것뿐이지요. 그런 상황에서 억지로 부대를 합치면 부작용이 클 수밖에 없습니다. 이럴 때는 차라리 따로 움직이는 것이 더 효율적이지요."

마노사가 고개를 끄덕이며 아쉬운 표정을 지었다.

"알지. 하지만 우리 천마검과 천랑대, 흑랑대 같은 전력이 전장에서 활약할 기회가 없다는 것은 애석한 일이야."

천산수사가 냉큼 대꾸했다.

"물론 그렇긴 합니다. 하지만 최정예 부대가 뒤에 있다는 것도 전술적으로 매우 중요한 의미를 지닙니다. 정파인들은 천마검과 휘하 부대가 언제 어디로 들이닥칠지 몰라 전전긍긍할 테니까요. 또한 그런 이유로 정파인들도 상당한 정예를 전장에 투입하지 못하고 대기시켜 둘 겁니다."

"흐흠. 뭐, 교주와 천마검이 그렇게 합의했다니, 알아서 좋게 결론을 낸 거겠지. 하지만 천마검이 마신지경에 올랐다는 말 때문에 이 늙은이가 주책을 부리는 거라네. 본 교의 강함을 전장에서 정파인들에게 보여주고 싶은 욕심이 난단 말이지."

천산수사의 미소가 짙어졌다.

"저 역시 마노사님의 견해에 일부 동의합니다. 그래서 말입니다, 안건에 하나만 추가하고 싶은데……."

막사 안의 이목이 천산수사에게 쏠렸다. 어제 천산수사가 언급했던, 간단한 부탁을 말하려는 것임을 간파한 것이다. 사실 모두가 그 부탁이 무엇인지 궁금하던 참이었으니까.

마노사가 말했다.

"말하게."

천산수사의 시선이 허공을 가로질러 천마검에게 향했다.

"들어주겠소? 마도 일통을 위해 함께 싸워야 하는 우리니까."

백운회의 입술이 열리기 전에 관태랑이 먼저 말했다.

"내용을 듣고 나서 결정하는 것이 수순입니다."

천산수사의 얼굴이 찰나 찡그려졌다가 언제 그랬냐는 듯이 곧바로 회복됐다.

"물론 천랑대주의 말씀이 옳소. 하지만 나는 우리 천마검의 담대한 의지를 보고 싶소. 또한 함께 싸워야 한다는 전제에 부합하는 일이니, 천마검이라면 내용과 상관없이 흔쾌히 수락해 줄 것이라 믿고."

백운회가 곧바로 대꾸했다.

"수락하지."

천산수사는 자신도 모르게 탁자 밑의 주먹을 불끈 쥐었다.

"흔들리는 흑천련을 제대로 잡아준 후, 한 사람을 죽여주시오."

백운회가 소리 없이 웃다가 말했다.

"무상 손거문이군."

천산수사도 따라 미소 짓고 대꾸했다.

"과연! 맞소. 할 수 있겠소?"

"하지."

관태랑이 어이없다는 표정으로 백운회를 보았다.

기실 마교주와 사오주는 모종의 비밀 거래를 진행 중이었다. 그건 내년 봄, 함께 정파를 치자는 것이었다.

그런데 사오주의 수장인 손거문을 천마검이 노린다고?

이 일의 파장과 뒤로 이어질 음모귀계가 어떻게 펼쳐질지는 계산하기 어려울 정도였다.

백운회가 천산수사를 뚫어지게 보며 말을 이었다.

"시기는 내년 여름이겠지? 늦어도 가을."

천산수사의 눈동자가 흔들렸다. 그러나 역시 빠르게 표정을 수습하고는 억지로 웃었다.

"하하하, 과연 천마검. 명불허전이오. 맞소. 봄, 늦어도 여름까지는 사오주와 함께 정파를 도륙하고, 그다음에 무상 손거문을 그대가 처리해 주면 나머지는 우리 교주님께서 잔당을……."

천산수사의 말을 귓등으로 흘리면서 백운회가 혼잣말처럼 중얼거렸다.

"쯧쯧, 잠깐이지만 교주의 그릇을 작지 않다 여겼는데,

착각이었군. 절대고수의 존재를 그리 두려워해서야."

천산수사의 눈가가 일그러졌다. 그는 부아가 치밀었지만 참았다.

잠깐 참으면 무시할 수 없는 절대고수인 무상 손거문을 처리할 수 있기 때문에. 더불어 천마검이 동귀어진해 주면 금상첨화일 테고.

어쨌든 교주와 마갈 수석 군사가 신신당부한지라 천산수사는 미소를 머금을 수 있었다.

그런데 백운회가 갑자기 조건을 내걸었다.

"무상 손거문을 처리하는 건 하는데…… 단, 나도 하나 요구할 게 있다."

"말해보시오."

"당신도 나처럼 미리 답해줬으면 좋겠군. 마도 일통을 위해 함께 싸워야 하는 우리니까."

천산수사는 부지불식간에 숨을 들이켰다. 조금 전, 자신이 했던 말을 그대로 따라 하는 천마검을 보니 불길한 생각이 들었다.

그렇다고 천마검이 흔쾌히 수락했는데 자신이 거절한다면 모양새가 빠진다.

백운회가 팔짱을 끼며 하얗게 웃다가 말했다.

"왜? 문제 있나?"

어떻게 문제가 있다고 말할 수 있겠는가, 그럼 자신이

지금껏 했던 말을 스스로 부정하게 되는데.

이마에서 식은땀이 솟아나 쪼르륵 흘렀다. 그가 대답을 못하고 주저하자 마노사가 검버섯이 피어 있는 이맛살을 찌푸렸다.

"허어, 부군사는 무얼 망설이는 건가, 천마검처럼 호기롭게 당장 답하지 못하고."

침묵하던 관태랑이 웃음을 깨물었다. 불길한 예감이 아니라 산뜻한 예감이 들었다.

"부군사, 얼른 파하고 술자리를 갖도록 하지요. 마노사께서 기다리고 계시니, 어서 답을 주십시오."

천산수사가 입술을 파르르 떨다가 열었다.

"나는 천마검의…… 요구를 들어주겠소."

사람들의 이목이 그에게서 천마검에게 이동했다. 마노사가 인자한 얼굴로 물었다.

"우리 천마검이 하려는 요구가 뭘까?"

"부군사에게 선택권을 주려고 합니다."

"……?"

"첫째는, 우리 부군사가 신임 천랑대주인 섬마검에게 모욕을 준 일이 있더군요. 그대로 하고 싶습니다."

관태랑은 어이없어 헛웃음을 흘렸고, 천산수사는 낯빛이 백짓장처럼 하얗게 변했다.

마노사는 호기심 어린 표정으로 물었다.

"그게 뭔가?"

"고문을 하고 밤새 아슈힐 산을 넘게 했습니다. 내공도 쓰지 못하게 하고 발가벗겨서."

"……!"

천산수사가 이를 갈며 윽박질렀다.

"두 번째는 뭐냐?"

"내 검의 일 초를 받는 것."

마신지경의 일 초! 그것도 분명 전력을 다할 터, 죽으라는 얘기다.

"그런 말도 안 되는 얘기가 이 자리에서 통할 거라고 생각하는 거냐? 감히 부군사인 나를 뭐로 보고……."

마노사가 손을 들어 그의 말을 끊고는 천마검을 직시했다. 천마검 역시 마노사의 시선을 피하지 않고 담담히 받았다.

마노사가 말했다.

"노부 역시 과하다고 생각하는데."

"그저 천산수사가 우리 천랑대주에게 했던 것을 똑같이 할 뿐입니다. 그래야 천랑대원들의 한이 풀리지 않겠습니까? 그리되면 통합이 훨씬 수월하고……."

천산수사가 자리를 박차고 일어나며 쏘아붙였다.

"갈! 닥쳐라. 천마검, 네놈이 미치지 않고서야 어떻게 그런 궤변을! 네가 그리 나온다면 이 협상은 결렬이다. 그리되면 천랑대와 흑랑대 가족들이 어찌 될지는 잘 알고 있겠지? 내가 약속하건대, 모조리 고문을 하고 계집들은……."

그는 말을 잇지 못하고 자신의 목을 움켜쥐었다. 백운회가 손을 들었는데, 그 손에서 흘러나온 무형의 기운이 그의 목을 옥죄는 것이다.

"커흑, 으으윽."

백운회는 부드럽게 말했다.

"쉿, 내가 마노사와 대화 중이잖아."

그 주변에 앉아 있던 수행 무사들이 곤혹스러운 표정으로 천마검과 마노사를 번갈아 보았다.

칼을 빼야 할 상황이긴 한데…… 모두가 알고 있었다, 자신들은 천마검의 상대가 안 된다는 것을.

또한 이곳은 저들의 군영이다.

그러니 마노사의 입을 바라볼 수밖에 없었다.

마노사가 탐탁지 않은 표정을 지었다. 계속 천마검의 눈에서 시선을 떼지 않고.

"천마검, 나는 자네가 좋아. 불과 열다섯 살의 나이로 천마동에 도전할 때부터 지금까지 쭉 좋아했어."

"저 역시 마노사를 좋아합니다."

"흐음, 그렇다면 이래서는 안 되지. 내 얼굴에 먹칠을 하는 거잖나?"

"그럼 저자가 제 벗을 욕되게 한 것을 참으라는 말씀이십니까? 마노사, 저는 천마검 백운회입니다."

그의 손이 살짝 흔들렸다. 그러자 사람들의 눈이 커졌다. 천산수사의 몸이 허공으로 뜨기 시작한 것이다.

얼굴이 시뻘겋게 변한 천산수사는 두 다리를 버둥거리며 여전히 양손으로 제 목을 쥐고 입을 쩍 벌린 상태였다. 호흡을 하기 위해서.

마노사는 입술을 꾹 깨물었다가 대꾸했다.

"변했구나. 네 동료와 수하들을 위해서는 자존심을 굽히던 너였는데."

"그렇게 양보하다가 교주에게 뒤통수를 맞았으니까요."

마노사가 버럭 호통을 쳤다.

"그래서 결국 교주와 맞서겠다는 것이냐? 그럼 본 교의 숙원인 마도 일통은 물거품이 된다는 것을 영민한 네가 모른다는 말이냐?"

백운회가 하얗게 웃었다.

"마노사, 기억하시죠? 십오 년 전, 하늘을 부수겠다고 했던 제 말을. 저는 패왕의 별이 될 겁니다."

"……."

"그러니 제 명분에 반하는, 본 교를 분열시키는 짓은 하지 않습니다. 약속드리죠, 교주를 건드리지 않겠다고. 단, 경쟁을 할 뿐. 대신 저자는 넘겨주셔야겠습니다. 그건 저, 천마검 백운회의 최소한의 자존심입니다."

"……."

"천산수사를 통합을 위한 제물로 주시죠."

"거절한다면? 나와 싸울 텐가?"

백운회가 하얗게 웃었다.

"아뇨. 저는 다만 아까 천산수사가 말했던 부탁도 거절하겠습니다. 무상 손거문이란 절대고수는…… 교주가 직접 나서야 할 겁니다."

마노사가 한참 침묵하다가 물었다.

"그럼 패왕의 별은 교주가 될 텐데? 네가 그걸 양보할수 있을까?"

백운회의 미소가 짙어졌다.

"저는 이미 무상 손거문과 가볍게 붙어봤습니다."

마노사와 수행 무사들의 눈이 커졌다. 백운회가 말을 이었다.

"단언컨대, 교주는 절대 그를 꺾지 못합니다."

마노사가 침음하다가 손을 들고는 고개를 옆으로 돌렸다. 그의 눈과 허공에서 버둥대고 있는 천산수사의 눈이 마주쳤다. 순간, 천산수사는 차가운 마노사의 눈을 보며 부르르 몸을 떨었다.

백운회뿐만 아니라 그도 마노사가 얼마나 차갑고 가학적인 얼굴을 숨기고 있는지 잘 알고 있었다.

'안 돼!'

마노사가 손을 들어 올리자 구석에 있는 검좌대에서 칼 하나가 떠올랐다.

백운회가 말했다.

"뭐, 마노사님과 교주의 체면을 봐서 다리 하나로 끝내죠."

마노사가 씨익 웃었다.

"노부가 직접 손을 쓰는데 그리 가벼워서야 되겠나?"

쇄애액, 콰직!

칼이 허공을 격해 천산수사의 가슴에 파고들었다. 그 검첨이 심장을 뚫고 등으로 빠져나왔다.

"끄으윽, 이런 미친……."

천산수사가 부르르 떨며 피를 게워내다가 이내 축 늘어졌다. 그러나 마노사는 다시 평온한 얼굴로 천마검을 보며 말했다.

"무상 손거문은 꼭 그대가 처리해 주게. 본 교의 통합과 마도 일통을 위해서."

천마검은 무형지기를 풀어 죽은 천산수사를 땅에 내려놓고는 말했다.

"손이 과하셨습니다."

*   *   *

만주에 본격적인 겨울이 오는가 싶더니, 새해가 밝았다. 그리고 한 달 후.

타샤(여진어로 호랑이라는 뜻) 족의 비야는 부리부리한 눈으로 일출을 바라보다가 시선을 왼쪽으로 옮겼다.

저 멀리 떨어진 차흘라이 산의 설산이 붉게 물드는 장엄한 광경은 언제 보아도 숙연함을 느끼게 했다.

차갑다 못해 송곳 같은 바람이 채 여며지지 않은 옷 사이로 파고들었다. 그러나 타샤는 추위가 느껴지지 않는 듯 설산을 보다가 포효했다.

"으아아아아아아아!"

그러자 그의 뒤에 있던 참호에서 불평 어린 목소리가 튀어나왔다.

"비야, 이 미친놈아! 잠 좀 자자!"

"호니아피, 나와서 태양을 향해 소원을 빌어라. 올해는 기름진 중원까지 쳐들어가 재물과 여자를 마음껏 훔치자고. 하하하하하!"

호니아피라 불린 사내가 참호 밖으로 고개를 쑥 내밀었다가 매서운 바람에 다시 숨어들며 불평을 터뜨렸다.

"이 미친놈아, 여자를 밝히다가 이렇게 한갓진 곳까지 좌천된 놈이 무슨! 낄낄낄."

비야가 뒤돌아서서 참호로 들어가 침낭을 벗기고는 호

니아피를 잡아끌었다.

"만주의 사내가 무슨 추위를 그리 타는가."

"아, 진짜. 아침마다 왜 지랄이야?"

호니아피는 침낭에 다시 들어가려고 버둥거렸다. 하지만 칠 척 거구의 완력을 당할 재간이 없었다.

"하하하, 함께 아침 수련을 하자."

"정말이지, 네놈은……."

하지만 호니아피는 말을 잇지 못했다.

퍼퍼퍼퍼퍽! 하는 소리와 함께 비야가 몸을 부르르 떨어 댔다.

그리고 주변의 눈밭 위로도 십여 개의 화살이 박혔다.

"헉!"

호니아피가 경악하는 가운데, 비야의 거구가 허물어졌다. 그렇게 앞의 시야가 확 트이자 호니아피는 입을 쩍 벌렸다.

삼십여 장 거리의 구릉 위로 일단의 사람들이 올라서서 걸어오고 있었다.

얼핏 수십여 명인 듯싶었는데, 순식간에 수백 이상으로 불어났다.

쇄애애애애애.

파공성과 함께 수십여 개의 화살이 허공을 날아왔다. 호니아피가 급히 참호로 몸을 던지는데, 세 개의 화살이 그의 등에 박혀들었다.

퍼퍼퍽!

"끄으으윽."

호니아피도 비야처럼 눈밭 위로 고꾸라졌다. 쓰러진 그의 눈에 계속해서 불어나는 사람들이 들어왔다.

'미친! 차흘라이 산을 넘어온 거야?'

하얀 털옷을 입은 그들은 모두 하얀 입김을 뱉어내며 다가왔다.

그 선두에서 천류영도 입김을 뿜어냈다.

"하아아아, 하아아아."

죽어가는 호니아피의 눈이 선두의 천류영을 보았다. 천류영도 그의 눈을 흘낏 보고는 다시 앞으로 걸었다. 그 뒤로 수많은 이들이 눈 위에 족적을 남기며 그를 따랐다.

2

캄캄한 새벽.

이청 대원수는 자신의 막사 안에서 팔짱을 낀 채 침상에 앉아 있었다.

그는 방금 전까지 장군들과 회식 자리를 가진 터라 몸에서 술 냄새가 진동했다.

이청은 그 회식 자리에서 흥에 겨워 만취한 모습을 보

였고, 그에 몇몇 장군들이 왜 그리 기분이 좋으냐고 넌지시 물었다.

물론 이청은 즉답을 피했다. 그러나 연신 술을 마시다가 슬며시 얘기를 풀어놓았다. 장군들만 모인 자리임에도 기밀이니 입조심하라고 신신당부하면서.

두 달 전, 후방으로 돌아간 천류영이 실제로는 공손빈 상장군과 함께 배를 타고 여진족의 후위로 향했다고. 차흘라이 산을 넘어 적 후방의 군량미를 모조리 불태울 것이라고 말했다.

그러자 장군들이 경악하며 고개를 저었다.

겨울에 차흘라이 산을 넘는 것이 가능하겠느냐고.

만취한 척 연기를 하고 있는 이청은 호탕하게 웃으며 대꾸해 주었다. 실패하더라도 오천의 병력을 잃을 뿐이고, 만약 성공한다면 이 지긋지긋한 전쟁이 끝나는 것이니 해볼 만한 도박이 아니냐고.

그리고 잠시 후, 그는 결국 술에 곯아떨어져 잠든 척했고, 호위들이 막사로 데려온 것이다.

불도 켜지 않은 막사 안.

이청은 초조한 표정으로 어두운 허공만 노려보고 있었다. 천류영의 추정처럼 천하상회가 배신자일까?

간절히 아녔으면 했다.

아무리 권력과 부를 탐낸다고 해도 어찌 나라와 백성까

지 배신할 수 있단 말인가.

그때, 밖에서 인기척이 들렸고, 이내 막사 입구의 천이 들리더니 사마유가 조용히 들어섰다.

이청은 사마유의 표정을 뚫어지게 보다가 장탄식을 뱉었다.

"흐으으음……. 사마 군사, 역시 그런 건가?"

사마유는 침통과 분통이 교차하는 표정으로 나직하게 뇌까렸다.

"대원수께서 짐작하셨던 것처럼 호운 장군이 움직였습니다."

호운 장군은 병참을 책임지는 인물이다. 맡은 일이 그렇다 보니 여러 보급품을 납품하는 천하상회의 사람들과 막역하게 지냈다.

지금 사마유의 말은 호운 장군이 이곳에 있는 천하상회의 간부와 접촉했다는 뜻이었다.

사마유가 입술을 꾹 깨물고 있다가 말을 이었다.

"그들이 두 마리의 전서응을 띄웠습니다. 한 마리는 북쪽, 다른 하나는 남쪽으로 향했습니다."

북쪽은 여진족에게 간 것일 테고, 남쪽은 천하상회이리라. 뭐, 그래봤자 전서응을 받았을 때는 이미 천류영이 후방을 공격한 후다. 미리 대비할 수는 없단 얘기.

어쨌든…… 천류영이 계획한 이번 연극으로 인해 배신

자의 존재를 확인한 것이다.

이청은 투박한 양손으로 자신의 괴로움에 일그러진 얼굴을 감쌌다. 사마유가 그런 이청을 지켜보다가 입을 열었다.

"당장 호운 장군을 체포하고, 천하상회의 수뇌부를 한 놈도 남김없이 잡아들이라고……."

이청이 한 손을 들어 사마유의 말을 제지시켰다.

"사마 군사, 자네답지 않아."

"……."

"흥분에 사로잡혀 움직이면 오히려 우리가 곤경에 처할 수도 있음을 왜 모르는가."

이청의 말대로다.

전서응이 이동하는 방향을 확인하느라 그것을 잡지는 못했다. 즉, 증좌가 없다. 이런 상황에서 무조건 잡아들였다가 저들이 잡아떼면 곤란해지는 것은 이쪽이었다.

냉정하게 판단하면 확증이 아니라 추정일 뿐이니까.

사마유는 한차례 심호흡을 하고는 한결 차분해진 신색으로 말했다.

"죄송합니다."

"자네가 죄송할 일이 뭔가, 다 내 부덕의 소치지."

"그들을 은밀히 감시하면서 증좌를 모으겠습니다."

"그래…… 그래야겠지."

대꾸하는 이청의 얼굴엔 괴로움이 가득했다. 사마유가 그런 대원수를 위로했다.

"대원수, 이건 아주 오랫동안 진행된 음모이고, 적폐입니다. 대원수께서 자책하실 일이 아닙니다."

이청이 한숨과 함께 고개를 저었다.

"아니, 내 책임이네. 군부의 최고 지위인 대원수의 자리에 오른 지 벌써 오 년째에 들어서는데, 나는 그동안 대체 무엇을 한 걸까? 열심히 싸우기만 했지, 이룬 게 하나도 없어."

"대원수……."

"취임한 첫해에…… 개혁을 밀어붙여야 했어. 어렵더라도 그때 적폐를 청산해야 했거늘."

사마유가 한숨을 삼키며 말을 받았다.

"대원수의 잘못이 아닙니다. 여진족과의 전투뿐만 아니라 당시의 현안(懸案)이 너무 많았습니다. 섣부른 개혁을 하기에는 군부가 분열될 위험이 너무 컸습니다. 황궁 고위 인사들의 견제도 만만치 않았고 말입니다."

이청은 물끄러미 사마유를 보다가 고개를 저었다.

"그건 구차한 변명이라는 것을 이제 자네도 알지 않나. 그때 좌초하더라도 싸워야 했어. 내가 욕을 먹고 구설에 시달리다가 쫓겨나더라도 부정부패한 기득권자들을 외면해서는 안 되는 것이었어. 만약 그때 싸웠다면, 설사 내가 몰락하더라도 다음에 올 사람은 훨씬 쉽게 비리자들을 색출하고 싸울 수 있었을 테니까."

"……."

"자네도 천류영이 절강 분타주로 발령받자마자 한 일들을 알고 있지? 도적을 소탕하고 내부의 배신자들을 솎아냈어. 화합, 통합이란 듣기 좋은 명분과 타협하지 않고 개혁을 단행했지. 어려운 가시밭길이지만, 녀석은 그 길을 선택하고 해냈단 말이네."

"……."

"그에 비해 나는…… 돌이켜 생각해 보면 그 얼마나 한심했던가. 적폐를 방치한다면 제대로 된 화합과 통합이 이뤄질 수 없는 게 당연한 이치인데."

이청은 쓸쓸한 표정으로 일어나 근처에 있는 책상으로 가서 그 위에 있는 술병을 들었다. 그러자 사마유가 바투 붙어 술병을 잡으며 고개를 저었다.

"충분히 마시셨습니다."

"회식 자리에서 마신 건 천류영 백장, 아니지, 천류영 사령관이 부탁한 얘기를 자연스럽게 풀어내기 위한 연극이었어."

이청은 사마유의 손을 부드럽게 뿌리치면서 말을 이었다.

"그러니 이제는 홀가분한 마음으로, 진심으로 마셔야겠

네. 온전히 천류영을 위해서. 그가 차흘라이 산을 무사히 넘었길 바라면서."

그는 말이 끝나기 무섭게 술을 들이켰다. 사마유가 어깨를 으쓱하고 손을 내밀었다.

"그럼 저도 주십시오."

술병을 받아 든 사마유가 말을 이었다.

"저는 천류영 사령관과 공손빈 상장군이 여진족의 군량미를 모두 불태워 이번 전쟁을 사실상 끝내주길 기원하며 마시겠습니다."

꿀꺽꿀꺽.

사마유가 입을 떼지 않고 계속 술을 마시자 지켜보던 이청이 술병을 잡아 뺏었다.

"허어, 다 마실 셈인가?"

사마유는 아쉬운 얼굴로 물었다.

"또 기원할 것이 남으셨습니까?"

"천류영, 그가 무사히 돌아오길. 공손빈 상장군과 더불어 가능한 많은 수하들과 함께."

이청은 술병의 남은 술을 한 번에 다 마시고는 눈을 빛냈다.

"곧 결전의 날이구나. 부디 힘내주길."

계획대로라면 내일 천류영이 싸움을 시작할 것이다.

사마유가 고개를 끄덕이며 말을 받았다.

"예. 차흘라이 산을 무사히 넘었다면 말이지요."

＊　　　＊　　　＊

다음 날.

달과 별도 보이지 않는 어두운 새벽.

하얀 설원 위로 수많은 모닥불이 피어오르고 있었다.

그리고 각각의 모닥불 주변으로 무수히 많은 이들이 잠들어 있었다.

그 모닥불 중 하나.

천류영이 불을 쬐며 앉아 있었다. 그는 옆에서 잠든 방야철과 우공평을 물끄러미 보다가 일어났다. 그리고는 걸어서 새벽에 집합하고 있는 일천의 병사 앞에 섰다.

도열한 병력의 가장 앞에 있는 공손빈 상장군이 입을 열었다.

"사령관, 먼저 떠나겠습니다. 부디 몸조심하시길."

"예, 상장군. 그리고……."

천류영은 입술을 여짓거리다가 고개를 숙이며 말을 이었다.

"죄송합니다."

공손빈이 의아한 얼굴로 물었다.

"무슨 말씀이십니까?"

"상장군께서 수하를 얼마나 아끼는지 잘 알고 있습니다. 그런데 제 무리한 명령 때문에…… 많은 수하를 잃었습니다."

겨울에 차흘라이 산을 넘는 것은 역시 쉽지 않았다. 그것도 반드시 사흘 안에 주파해야만 했다.

이청 대원수가 이 작전의 정보를 흘릴 텐데, 그것이 여진족에게 들어가기 전에 작전을 성공시켜야 했으므로.

그렇게 일정에 맞춰야만 하다 보니 차흘라이 산을 넘으며 병력의 일 할에 가까운 사백육십여 명을 잃은 것이다.

공손빈이 고개를 저으며 대꾸했다.

"요즘 사령관이 왜 그렇게 침울한 표정인지 이유를 몰랐는데…… 그것 때문이었습니까? 하하, 참. 사령관, 군인은 명에 따릅니다. 생사는 그다음의 일이지요."

"상장군……."

"사령관, 물론 저도 새끼 같은 녀석들의 희생이 안타깝고 슬픕니다. 하지만 우리는 겨울에 넘는 것이 불가능하다는 그 차흘라이 산을 돌파했습니다. 사령관이 꼼꼼하게 준비해 둔 덕분입니다. 그리고 사령관이 세운 그 담대한 작전의 성공에 코앞까지 와 있습니다."

마흔여섯, 중년의 공손빈은 담담하면서도 힘 있는 어조로 말을 이어 나갔다.

"사령관! 우리 모두가 죽는다 해도 이번 작전을 성공시키면, 수십 년간 수십만 명을 죽음으로 몰고 간 전쟁을 끝낼 수 있는 겁니다. 이건 또 앞으로도 수십만 명의 죽음을 막을 수 있는, 역사에 남을 엄청난 전공입니다."

"……."

"저는 오히려 사령관에게 감사하게 생각하고 있습니다. 이렇게 영광된 작전에 우리를 선택해 준 것에 대해서."

천류영이 씁쓸한 표정을 풀고 억지로나마 미소로 말했다.

"그렇게 생각해 주셔서 고맙습니다. 제가 작전의 전모를 모두 알려주지 않는 점에 대해 섭섭하실 텐데."

천류영은 공손빈 상장군을 포함해 별동대의 그 누구에게도 작전에 대해 미리 알려주지 않았다. 오천 별동대 중에서 세작이 있을 가능성을 무시할 수 없었기 때문이다.

공손빈이 미리 알고 있던 건 하나뿐이었다.

이청 대원수로부터 모종의 작전이 있고, 그 작전의 사령관은 천류영이니 그의 지시를 따르라고.

공손빈 상장군의 별동대는 배를 타고 나서야 목적지가 변경됐음을 알았다. 거기에 차흘라이 산을 넘어 적의 후방을 들이친다는 얘기까지.

모두가 기함했으나 묵묵히 천류영의 명을 따라주었다. 물론 실제로는 이청 대원수의 명을 따르는 것이지만, 그래도 천류영은 이들의 협조가 고맙기 그지없었다.

천류영은 공손빈 장군의 뒤에 도열해 있는 일천 병사들을 훑었다.

궁수 부대다.

별동대는 대부분 궁술에 능했으나, 그중에서도 특히 뛰어난 이들이었다.

천류영은 그들의 눈빛과 표정이 비장한 것을 보며 입술을 깨물었다.

모두 죽음을 각오한 얼굴이었다.

그건 아마도 천류영이 아직까지도 작전의 후반부를 속시원히 얘기해 주지 않았기 때문에 생겨난 표정이리라.

즉, 천류영이 작전을 성공시킨 후 탈출하는 부분에 대해서 언급하지 않는 것을 그들은 그들 나름대로 해석하고 받아들이고 있었다.

탈출은…… 어렵다. 불가능하다. 결국에는 모두 죽게 되리라.

하지만 그들의 눈은 형형히 불타고 있었다.

공손빈 상장군의 말처럼, 적들의 군량미를 깡그리 불태울 수만 있다면 자신들의 목숨은 어찌 되어도 상관없다는 눈빛이었다.

"이 년 전까지만 해도 그런 생각을 한 적이 있습니다."

뜬금없는 천류영의 말에 공손빈이나 일천 병사들이 의아한 표정으로 주목했다. 천류영은 미소로 말을 이었다.

"사는 게 너무 힘들었습니다. 그리고 수많은 부정부패와 비리를 보고 들으면서, '왜 이 망할 세상은 망하지 않는 걸까' 라는 생각을 말입니다."

그의 말에 많은 이들이 피식피식 웃으며 공감한다는 듯이 고개를 끄덕였다. 천류영이 그들을 보며 어깨를 으쓱하고 계속 말했다.

"사실 생각해 보면 간단합니다. 망할 세상이 왜 망하지 않느냐면, 아직은 망할 세상이 아니기 때문인 것이지요. 그럼 왜 아직은 망할 세상이 아닐까요?"

"……."

"왜냐하면 여러분 같은 분들이 있기 때문입니다. 세상이 온통 어둠인 줄 알았는데, 가만히 찾아보니 여러분 같은 촛불들이 그 어둠에 맞서서 드문드문 빛나고 있었던 겁니다."

"……."

"제가 지금 약속할 수 있는 건, 그 소중한 촛불들을 최대한 꺼뜨리지 않겠다는 것입니다."

사람들의 눈이 빛났다. 지금 천류영의 말은 탈출에 대한 암시를 하고 있는 것이었다.

"우린 차흘라이 산에서 이미 사백육십여 동료를 잃었습니다. 앞으로 얼마나 더 많은 희생이 생길지 모릅니다. 그러나 최대한 많은 분들이 살아서 돌아갈 수 있도록, 승전가를 부르며 고향에 가서 가족의 품에 안길 수 있도록 최선을 다하겠습니다."

일천 병사들 중 누군가가 결연한 어조로 말했다.

"사령관님, 애써 헛된 희망을 주지 않으셔도 됩니다. 우리는 이미 나라와 백성, 그리고 명예를 위해 목숨을 바쳤습니다. 그러니 무리하지 않으셔도 됩니다."

여기저기에서 간간이 웃음이 터졌다. 공손빈도 주먹으로 입을 가리고 웃다가 말했다.

"사령관, 헛된 기대일지 모르지만, 지금 한 말씀을 기억하겠습니다. 만약…… 우리들 중 일부라도 살아서 돌아간다면, 그들이 사령관의 평생 술값을 낼 거라고 장담합니다."

많은 이들이 공손빈의 말에 찬동한다는 뜻으로 메고 있는 활을 손바닥으로 탁탁, 쳐 댔다.

탁탁탁탁탁탁탁.

천류영이 곤란한 얼굴로 말했다.

"별동대 수천 명이 술 사겠다고 달려들면, 저보고 술독에 빠져 죽으라는 얘깁니까?"

폭소가 터졌다.

목숨까지 내던진 그들의 눈에 작은 희망을 주입하는 폭소가.

공손빈은 속으로 '수천 명이라…… 수백 명이라도 살아

서 돌아갈 수 있다면 좋으련만' 이란 생각을 하다가 심호흡을 하고 천류영을 직시했다.

"사령관, 그럼 떠나겠습니다."

그가 군례를 했다. 천류영도 맞 군례를 하고 그들을 떠나보냈다.

천류영이 다시 모닥불 가로 돌아오자 자고 있던 방야철이 어느새 깼는지 조곤조곤한 음성으로 말했다.

"나는 선택받은 인간이군. 이 작전의 모든 것을 자네에게 들은 유일한 사람이니까."

천류영은 빙그레 웃고는 대꾸했다.

"제가 잘못될 경우엔 낭왕께서 제 역할을 해주셔야 하니까요."

방야철은 침낭에서 몸을 빼내서는 곁에 두었던 설피(雪皮:눈에 빠지지 않도록 신 바닥에 대는 넓적한 덧신)를 착용했다. 그러고는 모닥불 가까이 다가가 천류영 옆에 앉았다.

"검봉이 그런 말을 종종 했어. 자네에게 너무 많은 책임을 지우는 것 같아 미안하다고."

"왜 갑자기 그런 말씀을 하시는 겁니까?"

"그 말이 너무 와 닿아서 말이네."

"……"

"자네가 꼭 유인조(誘引組)를 이끌어야겠나?"

유인조.

적의 주력을 유인해 끌어낼 부대를 말한다.

"아시잖습니까. 대원수께서도 배신자의 존재를 알아내시겠지만, 제가 유인조에 들어가야 더 확실해진다는 것을요. 그리고……."

방야철이 손사래를 치며 그의 말을 끊었다.

"아네, 알아. 그래야 더 많은 이들이 살 수 있음을."

"아시면서 왜 그 얘기를 꺼내시는 겁니까?"

방야철은 천류영을 물끄러미 보다가 깊게 한숨을 토해냈다.

"왜긴 왜겠나, 자네가 항상 가장 위험한 일을 도맡으니까 그렇지. 물론 돌발 상황이 생길 경우 자네만큼 대처할 사람이 없긴 하지만……."

방금 전까지 코를 골던 전(前) 친황대주, 우공평이 불쑥 끼어들었다.

"유인조? 그건 뭡니까?"

"……."

"거참, 치사하게. 설마 나도 배신자일 가능성이 있다고 생각하는 거요?"

천류영이 미안한 얼굴로 소리 없이 웃고는 말했다.

"그만큼 중요한 일이라 여겨주십시오."

"방 대협은 되고?"

"이번 일만 끝나면 우 대주님께도 미리미리 알려주겠습니다."

우공평이 눈을 부릅뜨더니 거칠게 손사래를 쳤다.

"사양하겠소. 나는 이번 일만 끝나면 그대하고는 안녕이오. 그대하고 함께 지내다간 목이 열 개라도 부족할 테니까. 당신은…… 너무 위험하오. 노리는 사람이 너무 많단 말이오. 하여튼 나는 황궁으로 돌아갈 거요."

천류영이 바로 대꾸했다.

"그래서 미리 알려 드리지 않은 겁니다."

"응?"

"이번 일이 끝나면 떠날 거라는 것을 아니까요. 낭왕은……."

천류영이 고개를 돌려 방야철을 보았다. 둘의 사이에 미소가 흘렀고, 천류영의 말이 이어졌다.

"제가 죽는 순간까지 곁에 있을 분이거든요."

방야철이 냉큼 말을 받았다.

"자넨 안 죽네. 내 목숨을 버리는 한이 있어도 자네는 꼭 지킬 테니까."

천류영이 우공평에게 물었다.

"우 대주님도 저와 평생 같이한다고 약속하시면 앞으로 모든 것을 함께……."

우공평이 고개를 절레절레 젓다가 침낭 속으로 머리를

다시 처넣었다.

"안 궁금하오. 전혀 안 궁금해."

천류영과 방야철이 낮게 웃었다.

그리고 결전의 날, 드디어 동이 텄다.

3

쇄애애액, 쇄액, 쇄액, 쇄애애액!

셀 수도 없는 화살이 쏟아져 내렸다.

뎅뎅뎅뎅뎅뎅!

비상을 알리는 타종 소리가 설원을 두들겼다.

"끄아아아악!"

"적이다! 적의 기습이다아아!"

늦은 아침 식사를 마치고 여유롭게 휴식을 만끽하던 여
진족의 최후방에 자리한 보급 부대.

그들은 난데없이 나타난 적들을 보며 놀랐고, 그 기함
하는 얼굴 위로 무수한 화살이 쏟아지자 갈팡질팡했다.

"으아아악!"

"저쪽에서 왜 적이 나타나는 거야?"

"막아라, 막아……. 크억."

"후군(後軍)에 지원을……. 컥!"

파파파파파파아앗.

보급 부대의 병력은 일천.

삼천육백 명이 넘는 이들이 쏘아대는 화살 비에 속속 죽어 나갔다. 더구나 전혀 방비 태세가 없던 그들이기에 초반의 피해가 매우 컸다. 반의반 각에 불과한 시간에 일천 병력 중 절반이 목숨을 잃었다.

여진족이 초반의 공세를 피해 참호나 창고 뒤로 몸을 숨기자 천류영이 명을 내렸다.

"전원! 공격하라!"

그의 돌격령이 떨어지자 삼천여 명이 고함을 지르며 설원을 달렸다.

"우와아아아!"

"와아아아! 공격하라! 공격하라!"

달리던 이들 중 몇몇이 미끄러운 빙판으로 인해 앞으로 고꾸라졌다. 신에 설피를 덧댔지만, 균형을 잃으면 어쩔 수 없는 일이었다.

남은 육백여 명은 여전히 활을 잡고 조금은 느린 속도로 동료들의 뒤를 따랐다.

그때였다.

천공을 향해 폭죽이 터지기 시작한 것은.

푸슈슈슈슈슉!

몇 개의 폭죽이 하늘로 치솟더니 펑! 하는 소리와 함께 터지며 붉은 연기를 흘렸다.

이곳에서 고작 오 리(五里:약 2㎞) 떨어져 있는 후군에 비상을 알리는 신호였다.

여진의 후군엔 약 이만 명이 주둔하고 있었다. 물론 그곳은 부상자들을 돌보는 사람들부터 다양한 보직이 있기에 실제 전투병은 일만 이천 정도라 추산됐다.

가장 선두에서 달리던 방야철이 그 폭죽을 보고는 이미 귀에 딱지가 앉도록 천류영이 강조했던 말을 다시 외쳤다.

"속전속결이다! 단숨에 쓸어버리자!"

"와아아아아!"

모두가 알고 있었다.

머지않아 여진족의 후군이 몰려올 것임을.

여기에서 발목이 잡혔다간 탈주 시도도 하지 못하고 이곳에 뼈를 묻어야 한다는 것을.

그렇기에 모두가 전력으로 달렸다.

천류영이 배에 타고, 하선하고, 차흘라이 산을 통과하는 내내 강조했던 이야기.

이번 싸움은 결국 시간 싸움이 전부란 말.

그 말이 방금 허공에서 터진 폭죽을 보니 새삼 가슴에 절절하게 다가왔다.

타타타타탁.

단단하게 얼어붙은 눈 위로 그들이 힘차게 밟은 발자국이 희미하게 새겨졌다.

휘이익, 휘이익.

차가운 북풍이 살갗을 때렸다.

그러나 그 누구도 지금 추위를 느끼지 못했다. 목숨을 건 전투가 시작됐기 때문이다. 그것도 최대한 짧은 시간 내에 끝내야만 하는 싸움이.

타아악!

최선두에 있던 방야철이 설원을 박차고 허공으로 떠올랐다.

"하아아압!"

기합 소리와 함께 그의 박도가 허공을 할퀴었다. 그의 칼에서 쏟아지는 검기! 아니, 검기가 아니라 한 단계 진화한 검사(劍絲)다. 그것도 색이 매우 짙은 것이 강력한 힘을 내포하고 있음이 역력히 느껴졌다.

퍼퍼퍼퍼어엉!

그의 검사가 창고 하나를 때렸다. 지붕에 있던 눈이 쏟아져 내렸고, 벽 일부에 금이 갔다.

방야철이 그 벽을 발로 찼다.

콰아아아앙!

강타당한 나무 벽이 통째로 날아갔다. 그 안에 숨어 있던 여진족들이 경악하면서도 그에게 달려들었다.

쇄애애액! 쇄애액!

쨍, 쩡, 슈카칵.

"으악!"

"끄르륵."

낭왕의 박도는 빠르다. 동시에 현란하다. 단숨에 두 명이 죽고, 두 명이 그 기세에 놀라 나자빠졌다.

애초에 이 보급 부대에 정예는 그리 많지 않았다.

대부분이 식량을 포함한 보급품을 운반하는 단순 노역을 담당했기 때문이다. 또한 한겨울에 최후방인 이곳이 기습당할 것이라고는 아무도 예상 못했기에 더더욱 정예가 없었다.

방야철을 시작으로 곳곳에 있던 아군들에 의해 창고들이 하나둘 무너져 내렸다.

전체의 흐름을 살피며 약간 뒤늦게 당도한 천류영이 외쳤다.

"아인 오백장! 바로 불을 붙이시오!"

"복명!"

사방에서 쇳소리가 정신없이 이는 가운데 아인이 힘차게 답하며 손을 들었다.

그가 부리는 오백여 수하들도 곧바로 전선에서 이탈해 화섭자와 기름을 꺼냈다.

아인은 직속 수하인 다섯 명의 백장을 불러 각자 불을 질러야 할 구역을 나눴다.

쨍쨍쨍, 째애애앵!

창칼이 부딪치는 소리가 조금 잦아들었다.

쇄애애액, 쇄애애액.

화살이 날아가는 소리가 간간이 들렸다.

그리고 고함과 비명도 줄어들었다.

"죽어어어!"

그때, 죽은 척하고 있던 여진족 중 두 명이 동시에 벌떡 일어서더니, 천류영을 향해 단창을 찔렀다.

그에 주변의 이들이 화들짝 놀라 외쳤다.

"사령관님! 피하십시오!"

"사령관!"

쇄애애애액!

쩡! 서걱.

천류영이 무애검으로 단창 하나를 튕겨내고 그의 가슴을 베었다. 그러나 다른 한 명은 굳이 건드리지 않았다. 왜냐하면 뒤에서 따라오던 궁수 중 한 명이 그의 목을 뚫었기 때문이다.

화르르르르.

창고 하나에서 불이 타오르기 시작하더니, 이내 곳곳의 창고마다 불이 올랐다.

째애앵, 쩽쩽쩽, 쩽쩽!

군량미가 타는 것을 본 여진족들이 눈을 뒤집고 달려들었다.

"으아아아!"

쨍쨍, 쩌어엉!

주춤하던 화살들도 다시 허공을 세차게 흐르며 쏘아졌다.

파파파팍!

"크아아악!"

일부는 냉정하게 무리를 지어 참호 속에서 화살을 꺼내 들었다. 그리고 그들도 화살을 쏘기 시작했다.

패애액. 쇄액, 쇄애액.

파악!

아군 중 누군가가 화살을 맞고 쓰러졌다.

천류영이 힘껏 소리를 질렀다.

"화살을 피해 몸을 숨겨라!"

적의 인원이 이백 이하로 줄었다. 이들을 굳이 섬멸할 필요는 없었다.

별동대가 불타고 있는 창고나 점령한 참호로 몸을 숨기자 일시 소강상태가 되었다. 간간히 화살만 오고갈 뿐이었다.

방야철이 불타는 창고 뒤에서 천류영을 보며 아쉬운 표정을 지었다. 그걸 본 천류영이 피식 웃으며 말했다.

"저도 이 식량들이 아깝습니다. 하지만 이것이 사라져야 전쟁이 끝납니다."

그때였다. 한쪽 참호에 무리를 지어 화살을 쏘아대던 여진족들이 함성을 질렀다.

천류영이 입을 열었다.

"생각보다 빠르군요."

지평선 저쪽에서 무수한 이들이 달려오고 있었다. 후군에 있던 여진족들이다.

천류영 옆으로 합류한 우공평이 눈을 빛내며 중얼거렸다.

"얼마나 될 것 같소?"

"일만 명 정도?"

천류영의 말에 우공평의 눈이 화등잔만 해졌다.

"그렇게 많이? 후군의 전투병 중 대부분이 온단 말이오? 내 생각엔 일부 선발대를 보내고……."

천류영이 고개를 저으며 그의 말을 끊었다.

"군량미가 불타고 있습니다. 전열을 정비하거나 척후를 보내 정보를 파악할 여유가 없었을 겁니다."

"하긴……. 다급하니 그렇겠소."

그때, 저 지평선 멀리, 아마 후군이 주둔하고 있는 곳이라 추정되는 허공에서 잇달아 폭죽이 터졌다.

우공평이 말했다.

"중군(中軍)에 보내는 신호겠군."

"중군이 오기까지는 아직 여유가 있습니다. 반나절 넘

게 걸리겠지요."

"그 말은…… 시간 여유가 있으니 후군하고 싸우겠다는 거요?"

말하고 있는 우공평은 뭔가 답답하다는 표정이었다. 낭왕처럼 작전의 모든 것을 알고 있다면 좋으련만.

하지만 새벽에 천류영이 한 제안을 거절했으니, 어쩔 수 없는 일이었다.

천류영은 자신을 바라보는 별동대 수하들을 보며 빙그레 웃고 외쳤다.

"모두 퇴각합니다. 방향은 서쪽!"

고마운 명령이다. 하지만 별동대의 병사들은 의아한 표정을 지었다.

별동대 천인장(千人長) 중 최고참인 다하금이 질문을 던졌다.

"사령관, 지금 퇴각하면 군량미의 절반은 무사할 겁니다."

그의 말마따나 창고 가득 쌓여 있던 쌀이 깡그리 불타 버리기엔 시간이 부족했다. 겉에 있는 쌀가마니만 맹렬히 타오르고 있을 뿐, 안쪽의 것은 멀쩡할 테니까.

침지 오백장도 맞장구를 쳤다.

"우리 피해를 줄이려고 하시는 거라면 괜찮습니다. 군량미를 다 태우지 않으면 우리가 지금껏 고생한 것이 헛수고로 돌아가는 것 아닙니까? 이곳에서 뼈를 묻더라도 군량미를 모조리 없애야 합니다."

헛수고까지야. 이것만으로도 저들에게는 엄청난 타격이다.

우공평이 다하금과 침지란 장수의 말에 동의하려는 데, 방야철이 나섰다.

"사령관의 명이오. 모두 퇴각합니다."

"하지만……."

"사령관께서는 대원수께 최대한 많은 인원을 살려 돌아 가겠다고 약조하셨소."

천류영이 계속 머뭇거리는 별동대를 보며 버럭 외쳤다.

"명이다! 모두 이동하라!"

그 명령과 함께 천류영과 방야철이 뛰기 시작했다.

최고 수장이 퇴각하는데 수하들이 전장에 남을 이유는 없다.

별동대가 우르르 서쪽으로 길을 잡고 달리기 시작했다. 그러자 참호 속에 숨어서 활을 쏘던 여진족들이 나와서 주변의 눈을 창고로 던지며 화재 진압에 나섰다.

다하금 천인장이 달리면서 그 모습을 흘낏 보다가 한숨을 내쉬었다.

"후우우, 저걸 다 없애야 하는 건데."

옆에서 달리던 침지도 안타까운 표정을 지었다.

"이것만으로도 큰 전공이긴 하지만, 아쉽습니다."

그들보다 조금 앞서서 달리던 천류영이 빽! 외쳤다.

"쓸데없는 소리 말고 전력으로 뛴다! 선착순 달리기 하는 것처럼 전력으로!"

그의 말에 다하금이 눈살을 찌푸렸다.

자고로 군의 이동에서 가장 중요한 것은 적과 마주했을 때의 진퇴(進退)라고 할 수 있다.

나아갈 때는 맹렬하게, 퇴각할 때는 질서정연하게.

특히 공격할 때보다 후퇴가 더 중요한데, 지금 사령관의 명처럼 막무가내로 달리면 전열이 흐트러지면서 적의 공격에 제대로 대처하기 어렵게 된다. 적의 일부만 난입해도 큰 피해를 당할 수 있다.

침지가 입술을 악물었다가 잇새로 낮게 중얼거렸다.

"병법의 기본도 모르는 이가 사령관이라니."

그러면서 침지는 고개를 돌려 옆에서 뛰는 다하금을 보았다. 천인장의 명으로 전열 유지를 명해 달라는 눈빛이었다.

사실 자신이 몸담고 있는 이 별동대는 팔십만 대군 중에서도 손꼽히는 최정예다. 저들의 병력이 두세 배가량 많다고 해도 결코 쉽게 지지 않을 자신이 있었다. 그런데 이렇게 도망만 치다간 허망하게 궤멸될 공산이 큰 것이다.

다하금은 굳이 침지의 눈빛이 아니더라고 갈등하고 있

었다.

전열을 유지하면서 질서정연하게 후퇴하는 것이 옳았다. 문제는 그것이 최고 상관의 명과 정면으로 충돌한다는 것이다.

작전 중에 상관과 충돌하는 하극상은 불가하다.

전장에서 즉결 처분할 수 있는 중죄다.

하지만…… 그럼에도 불구하고 지금 상관의 어설픈 명을 받드는 것이 과연 옳은 것인가 고민이 들었다.

후군에서 달려오던 지원군들이 둘로 나뉘었다.

대략 칠 대 삼 정도?

많은 이들이 방향을 틀어 천류영의 별동대를 쫓기 시작했다. 남은 이들은 불을 끄려고 원래의 방향으로 뛰었다.

그들이 눈밭을 가로지르며 달려오자 천류영이 다급한 목소리로 크게 외쳤다.

"전군, 더 빨리 뛰어라! 뒤에 처지는 이들은 보호해 줄 수 없으니, 죽을힘을 다해 달려라!"

이미 엉망이 된 전열이 더 엉망이 되어갔다.

보다 못한 다하금이 앞서 달리는 천류영을 향해 외쳤다.

"사령관! 드릴 말씀이……."

순간, 그는 말을 잇지 못했다. 고개를 돌린 천류영이 고개를 끄덕였다. 마치 무슨 말을 하고 싶은지 다 안다는 것처럼.

그리고 그의 고막으로 방야철의 전음이 파고들었다.

[사령관을 믿어주시오.]

"……."

[전열이 개판이 된 건 우리만이 아니라 저들도 마찬가지요.]

방야철의 전음처럼 쫓아오는 여진족들도 전열이라 부를수도 없을 정도로 마구잡이로 따라왔다.

왜냐하면 분노가 머리끝까지 치솟는 와중에 별동대의 전열이 개판이 된 것을 보며 경계가 풀어진 것이다.

방금 다하금이나 침지가 생각한 것처럼, 아니, 별동대의 모두가 생각한 것처럼 여진족들도 별동대의 수장이 무능하다고 생각한 것이다.

그런 장수가 차흘라이 산을 겨울에 넘는 대담한 작전을 펼쳤다고?

무식하기에 가능했으리라.

모두가 그렇게 생각했다.

그래서 여진족들은 경계하지 않고 미친 듯이 쫓아왔다.

천류영이 목이 쉬어라 외쳐 댔다.

"뛰어라! 잡히지 마라!"

무식한 장수 밑 병졸들은 같이 무식해질 수밖에 없다. 명을 듣지 않고 뒤처졌다가는 살벌한 표정으로 따라오는 여진족에게 잡혀 사지가 찢길 테니까.

"으아아아아!"

모두가 죽어라 달렸다.

그러길 일각.

지치는 이들이 나오기 시작했다. 차흘라이 산을 넘으면서 체력이 떨어진 것을 의욕만으로 극복하기는 어려웠다.

별동대의 꼬리와 여진족 추격대의 머리가 눈에 띄게 가까워졌다.

천류영이 또 외쳐 댔다.

"뛰어라! 이러다가 잡힌단 말이다!"

침지 오백장이 이를 갈며 다하금에게 말했다.

"천인장님! 이러다가는 꼬리부터 무너지다가 결국 모두 죽게 될 겁니다."

"……."

"이리 개죽음을 당할 거라면 차라리 군량미나 다 불태우고……."

다하금이 침지의 말을 끊었다.

"기다리고 계시다."

"예?"

다하금이 앞으로 뛰면서 전면의 지형을 살폈다. 애초에 만주는 산이랄 만한 곳이 거의 없다. 약간의 구릉이 전부인 평야다.

그리고 앞쪽에 그 구릉이 보였다. 그것도 여인의 젖가슴처럼 두 개의 구릉이 나란히 자리해 있었다.

결코 높지는 않지만, 몸을 숨기기엔 충분하다.

"저기다."

다하금의 입가에 미소가 번졌다. 침지는 눈을 껌뻑거리면서 입을 다물었다.

뭔가가 있는 것 같은데, 알 수가 없었다. 그러다가 공손빈 장군이 이끄는 일천이 떠올랐다.

"매복?"

"분명하다. 그러니 닥치고 뛰자."

그렇게 구릉 사이를 돌파한 후, 천류영이 멈추고 돌아섰다.

그는 하얀 입김을 내뿜으며 말했다.

"좀 쉽시다."

별동대는 멈췄지만, 여진족은 계속 달려왔다.

천류영은 달려온 길을 다시 걸으며 속속 멈추는 별동대원들에게 외쳤다.

"저들이나 우리나 지친 건 매한가지."

"……."

"또한 저들이나 우리나 전열이 개판."

"……."

"전열이 엉망이 된 부대는 결코 조직화된 궁수 부대를

당해낼 수 없지."

그리고 그가 허공을 향해 외쳤다.

"시작입니다, 공손빈 상장군!"

그의 고함이 끝나기 무섭게 양 구릉에서 함성이 일었다. 좌우 구릉에서 오백씩의 궁수가 모습을 드러냈다. 공손빈 상장군이 고함을 질렀다.

"쏘아라!"

단순간결한 명.

그 명에 따라 일천 궁사가 화살을 쏘아대기 시작했다.

티잉, 팅팅팅, 쇄액, 쇄액, 쇄애애액.

가쁜 숨을 토하며 달려오던 여진족들이 당황하며 속속 쓰러졌다.

"으아아악!"

"매복이다, 매복이…… 크어억!"

좌우에서 오백 개씩, 천 개의 화살이 빗발치듯 퍼부어졌다.

피할 공간도 없는 곳에서 우왕좌왕하던 이들 중 일부 고수들이 구릉을 오르고, 여진의 궁사들이 활을 잡는 순간, 천류영이 명을 내렸다.

"돌파한다! 저들을 분쇄하고 남은 군량미를 불태우러 돌아가자!"

"와아아아아아!"

함성과 함께 별동대가 다시 뛰었다.

우공평이 천류영의 등을 탁, 치며 웃었다.

"하하하, 난 그대가 이렇게 할 줄 알고 있었소."

천류영이 쓴웃음을 깨물었다가 앞으로 움직이며 중얼거렸다.

"이제 전반전이 끝났을 뿐입니다. 중요한 후반전을 준비해야죠."

4

창고 곳곳에 쌓여 있던 쌀알이 불씨가 되어 맹렬하게 타올랐고, 이미 모든 것이 타버린 잿더미 위로는 가느다란 검은 연기가 뱀처럼 구불거리며 허공을 올랐다.

그 광경을 보며 방야철이 피식 웃었다.

"무두르(여진어로 용(龍)이란 뜻)가 이걸 보면 뒤로 나자빠지겠군. 아예 기절해 며칠 푹 쉬면 좋겠는데."

무두르는 여진족 족장의 이름이다. 천하상회의 도움을 받아 여진족을 통합한 효웅(梟雄).

우공평이 고개를 저으며 반박했다.

"그럴 리가. 분노해 우리를 갈아 마시려고 할 거요."

방야철이 웃음을 참으며 고개를 끄덕이다가 한쪽을 보았다.

그곳엔 천류영과 공손빈 상장군, 다섯 명의 천인장, 그리고 오백장들이 함께 둥글게 서 있었다.

방야철이 그들을 보며 중얼거리듯이 말했다.

"얘기가 길어지는군."

"그러게 말이오. 이럴 시간에 빨리 움직이지."

우공평이 맞장구를 치고는 꺼져 가는 불씨 옆에 쪼그려 앉았다. 앞으로 이 따뜻함을 당분간 누리지 못할 것을 생각하니 한숨부터 나왔다.

한편, 천류영과 장수들의 회의.

천류영의 표정은 덤덤한데, 공손빈 상장군을 포함한 모든 이들은 곤혹스러운 낯빛이었다.

공손빈은 방금 천류영이 자신에게 건네준 작은 상자를 주시하다 주변의 장수들을 보았다. 그들 중 일부는 자신처럼 목궤를, 나머지는 목궤에 걸려 있는 자물쇠의 열쇠를 가지고 있었다.

공손빈은 자신도 모르게 한숨을 뱉다가 천류영을 직시하며 물었다.

"그러니까 사령관의 말은 부대를 일곱으로 나눠 탈출한다는 말인데……"

그는 말을 잠시 끌다가 이었다.

"물론 인원수가 적으면 기동성이 올라간다는 점에는 동의합니다. 하지만……"

천류영이 그의 말을 끊었다.

"상장군, 다시 말씀드리지만, 저는 대원수께 최대한 많은 수하들과 함께 돌아가겠다고 약속했습니다. 그리고 이렇게 하면 그 확률을 훨씬 높이게 될 겁니다."

"……."

"물론 대원수께서 기다리고 있는 심양까지의 퇴각로는 충분히 숙지하셨지요?"

공손빈은 말없이 고개를 끄덕였다. 오천 리나 떨어져 있는 심양까지의 퇴각로 일곱 개. 그것들을 지난 두 달간 지겹도록 익혔다. 눈을 감고도 지도와 그에 맞는 지형이 떠오를 정도로.

하지만 그때는 이렇게 일곱 퇴각로로 뿔뿔이 나뉘어져 이동하게 될 줄은 전혀 예상 못했다. 현지에서의 상황을 보고 최선의 퇴각로를 선택할 거라고만 짐작했지.

최고참 천인장인 다하금이 입을 열었다.

"하나로 똘똘 뭉쳐 퇴각하다가 자칫 여진의 추격대에 전멸할 수 있으니 부대를 나누자. 그러면 몇 개 부대는 살아서 돌아갈 공산이 크다라는 것이지요?"

천류영이 빙그레 웃으며 대꾸했다.

"맞습니다."

모두가 입술을 꾹 깨물고 침묵했다. 나쁘지 않은 생각이었다. 하지만 여진의 추격대에 걸리는 부대는 제대로 맞서 싸우지도 못하고 전멸하기 십상이다.

천류영이 선뜻 결정을 내리지 못하는 그들에게 말했다.

"이건 명입니다."

결국 공손빈이 한숨을 내쉬고 말했다.

"이번 작전의 사령관이 내리는 명이니 물론 따라야지요. 지금까지 보여준 것만으로도 믿을 수 있습니다. 하지만…… 사령관께서 선택한 귀환길이 가장 어렵고 멉니다."

"하하하, 그러니 제가 이끄는 부대는 적들이 안 쫓아올지도 모르지요."

"……."

"그리고 대신 가장 최정예만 뽑았습니다. 부상자도 없고 말입니다. 하하하."

계속 침묵하던 침지 오백장이 입술을 질겅질겅 씹다가 말했다. 그는 천류영과 함께 움직여야 할 오백 명 중 한 명이며, 그 오백 명 중 최고 계급이었다. 물론 천류영 사령관은 빼고.

"사령관님, 여진족의 중군에는 수십만의 병력이 있습니다. 그렇게 많은 병력을 가진 이들인데, 우리가 부대를 일곱으로 쪼갠다고 과연 쫓지 않는 쪽이 생기겠습니까? 너무 안이하고 간절한 바람이 담긴 생각이 아닐 런지요?"

천류영이 고개를 저으며 대꾸했다.

"수십만 대군이 올 리가 없습니다. 무두르는 자신의 최측근인 사천왕 중 한둘 혹은 두셋과 직속 부대인 에두(여진어로 바람이란 뜻)만 이끌고 올 겁니다."

침지가 머리를 긁적거리며 물었다.

"어떻게 그리 확신하십니까?"

"그들은 비상을 알리는 폭죽을 보고 움직이는 것이니까요."

"……?"

"후군에서 비상 폭죽이 터졌고, 그걸 본 무두르는 무슨 생각을 하겠습니까? 혹시 군량미에 문제가 생긴 건 아닐까 라는 두려움에 휩싸이겠지요."

"그야 그렇지요."

"그런 상황을 많은 수하들에게 보이고 싶은 장수는 없습니다. 결국 밝혀질 수밖에 없는 진실이라고 해도 모든 권력자들은 그 시기를 최대한 늦추고 싶어 합니다. 본능과 같은 것이지요."

"아!"

"여진의 최정예 에두는 아시다시피 오천 기병입니다. 하지만 이렇게 눈이 쌓이고 쌓인 겨울에는 말을 탈 수 없으니, 기동력은 그들이나 우리나 큰 차이가 없다고 보면 됩니다."

"……."

"즉, 죽어라 열심히 도망치면 모두 살 수도 있다는 뜻이지요."

사람들은 자신도 모르게 쓴웃음을 깨물었다.

천류영의 말이 전혀 틀린 것은 아닌데, 실상은 그렇지 않았다. 자신들은 설피를 신에 덧대고 이동하는 것이 영 불편했다. 그러나 여진족들은 이곳에서 태어나고 자란 이들이다.

무슨 말인가 하면, 심양까지 오천 리를 주파해야 하는데, 여진의 에두가 점찍어 추격하는 부대는 결국 사로잡힐 것이란 말이다.

에두는 과연 부대를 얼마나 쪼개 추격을 할까?

일곱으로 나누어 아군 전부를 쫓을까, 아니면 몇몇 곳을 선별할까?

사람들은 목숨을 건 제비뽑기를 하는 심정이 이런 건가 싶었다.

공손빈이 입을 열었다.

"그렇다면 차라리 우리 모두 이동하다가 적당한 곳에 매복해 그들을 치는 것이 어떻겠습니까?"

모두가 동의하는 표정으로 천류영을 보았다. 그러나 천류영은 이번에도 고개를 저었다.

"좋지 않습니다. 아까 말했듯이 우리의 기동력이 떨어지게 됩니다. 그리고 두 번째, 무두르는 중군에 연통을 넣어 우리의 길을 차단하려고 할 겁니다. 정말 수십 만 병력에 쫓기는 사태가 벌어질 수도 있다는 얘기지요."

말인즉 옳다. 하지만 공손빈을 포함한 장수들은 묘한 위화감을 느꼈다. 마치 뭔가 중요한 것을 숨기려고 서둘러 회의를 끝마치려는 것 같은 느낌. 어딘지 모르게 석연치 않았다.

천류영이 그들의 표정을 훑고 빠르게 말했다.

"이제 빠르면 두 시진, 늦어도 서너 시진이면 무두르가 에두를 이끌고 등장하게 될 겁니다. 그때까지 말씨름할 생각은 아니겠지요?"

굳이 천류영의 말이 아니어도 모두 초조함을 느끼고 있었다. 공손빈이 고개를 끄덕이며 천인장과 오백장들에게 말했다.

"바로 출발할 준비를 하게."

이미 부대는 일곱으로 나눠 놓은 상태다. 장수들이 그 부대 앞으로 이동했다.

공손빈은 천류영과 둘만 남게 되자 나직한 목소리로 물었다.

"사령관, 다 좋은데…… 끝까지 우리를 믿지 못하는 것은 섭섭합니다."

그러면서 손에 쥐고 있는 작은 목궤를 슬쩍 보였다.

천류영이 준 목궤.

천류영은 각 부대가 정한 퇴각로로 이동하다가 비상상황이 닥치면 목궤를 열라고 말했다. 위험한 일이 생기지 않으면 사흘 뒤에 열어 내용을 확인하고.

그러면서 혹시 목궤를 가지고 있는 이가 마음대로 열어 보는 것을 방지하기 위해 열쇠는 다른 간부에게 맡겼다.

만약 목궤를 임의로 파괴해 안의 내용물을 보는 이가 있다면 그자는 세작일 확률이 높으니, 다른 장수와 수하들이 힘을 합쳐 그를 즉결 처분하라는 엄명까지 내린 상태였다.

천류영이 미안한 표정으로 귀밑머리를 긁적거렸다.

"그 점은 죄송하게 생각합니다. 하지만 만에 하나라도 세작이 있다면, 우리 모두 죽게 됩니다."

"정말 나 역시 이 목궤 안의 내용물을 보면 안 되는 겁니까?"

"저는 계속 상장군님을 믿고 싶습니다. 티끌만 한 의심도 하고 싶지 않습니다."

공손빈이 피식 웃다가 입술을 깨물었다. 그러고는 묘한 눈으로 천류영을 보다가 말했다.

"사령관."

"말씀하십시오. 하지만 우리에게 주어진 시간이 별로 없다는 것을 감안해 주십시오."

공손빈이 고개를 끄덕였다.

"사령관…… 혹시 말입니다."

"……."

"무두르와 에두를 사령관이 유인하려는 것은 아니겠지요? 우리를 위해서 사령관 스스로를 희생하려는 것이라면……."

천류영이 손사래를 치며 호들갑스럽게 웃었다.

"하하하, 설마요. 저는 살아남을 겁니다. 사랑하는 사람에게 꼭 살아서 돌아가겠다고 약속했습니다."

"그렇습니까?"

"예. 혹시 상장군께서도 들어보셨는지 모르겠지만, 검봉이라고……."

공손빈의 표정이 변화하지 않자, 천류영이 독고설의 별호를 바꿨다.

"그럼 혹시 청화라고는……."

"아! 들어봤습니다. 천하제일미녀라고……."

공손빈의 눈이 화등잔만 해졌다.

"청화가…… 애인입니까?"

천류영이 가슴을 폈다.

"어쩌다 보니 그렇게 됐습니다."

공손빈이 입술을 꾹 깨물고 고개를 끄덕였다.

"사령관이 희생하려는 거 아니냐는 말은 없던 거로 하겠습니다."

"당연하지요."

"으음, 부럽…… 아닙니다. 그럼 심양에서 뵙겠습니다. 그때까지 몸조심하시길."

"예. 상장군께서도."

일곱 부대가 각자 정해진 퇴각로로 길을 떠났다.

*   *   *

한 사내가 망연자실한 표정으로 잿더미가 된 광경을 보았다. 잠시 죽은 수하들을 훑기도 했지만, 다시 그의 시선은 불타 버린 창고들에 박혔다.

저녁노을이 지기 시작하며 그 광경은 매우 기괴하게 비쳤다.

"끄으으으, 끄아아아아아아!"

그가 양팔을 좌우로 펼치며 괴성을 질러 댔다.

그건 심장이 터져 나갈 듯한 고통의 아우성이었으며, 세상의 모든 것을 불살라 버릴 것 같은 분노의 절규였다.

그의 이름은 무두르.

여진족의 최정상에 있는 효웅.

그의 나이 육십삼 세이나 겉으로 보기엔 마흔 정도로 느껴졌다. 칠 척 반의 거구인 그가 절망스러운 피눈물을 흘리며 포효했다.

"으아아아아아! 죽여 버린다! 너희들의 사지를 찢고, 내 이로 심장을 씹어 먹으리라!"

그의 뒤에 짐승의 탈을 쓴 에두 전사들 오천 명이 흉포한 얼굴로 이를 갈았다.

그들 중 에두의 수장이며 무두르의 사천왕 중 하나인 인다훈이 누런 이를 드러내며 외쳤다.

"대지의 영광, 무두르여! 제가 그들을 쫓겠습니다! 놈들의 수급과 심장을 바치겠나이다!"

무두르는 뒤돌아보지 않은 채 고개를 서쪽으로 돌렸다. 노을이 피처럼 번지고 있는 서녘 하늘.

일곱 방향으로 흩어진 적들 중 한 부대가 저 서쪽으로 움직였다.

놈들의 군영이 있는 심양까지 가는 방법으로는 가장 멀고 지난한 길. 무두르는 낮에 전서응을 받은 것이다.

으드드득.

무두르는 제 이를 갈면서 등에 메고 있는 거대한 도끼를 꺼내 들었다.

"무림서생 천류영, 네놈의 머리통을 박살 내주마. 으아아아아아!"

그가 또다시 포효하며 그 거대한 도끼를 땅에 내려쳤다. 그러자 도끼가 박힌 곳부터 시작해 단단하게 얼어붙어 있던 눈덩이들이 깨져 나가기 시작했다.

콰콰콰콰아아아아앙!

그 도랑은 무려 십여 장이나 계속되다가 끝이 났다.

무두르는 도끼를 다시 거머쥐고 발을 내디디며 말했다.

"내 손으로 직접 찢어 죽이겠다."

그리고 그가 달리기 시작했다.

인다훈이 그 뒤를 따르며 외쳤다.

"전군, 무두르 님을 따른다!"

화화화화.

무두르를 포함한 에두 전원이, 마치 사람이 아닌 맹수처럼 빠르게 달리기 시작했다.

*   *   *

우공평이 악을 써 댔다.

"젠장! 젠자아아앙! 내가 이럴 줄 알았어. 유인조가 이런 뜻이었다니! 젠장!"

그는 욕설을 뱉으면서 뛰었다. 벌써 사흘간 거의 쉬지도 못하고 달리고 있었다. 함께 달리는 이들은 우공평을 보며 고개를 절레절레 흔들었다.

저렇게 고함지를 힘이 있으면 아껴서 자신들에게나 주지.

우공평은 묵묵히 뛰고 있는 천류영을 보며 외쳤다.

"제기라알! 내 말이 맞다니까! 당신은 위험을 몰고 다니는…… 아니지, 스스로 위험을 부르는 괴짜라니까. 대체 왜 그렇게 사는 거요?"

그때, 그의 약간 뒤에서 달리던 침지 오백장이 불쑥 입을 열었다.

"하아아, 하아……. 우 대주님, 사령관을 욕하지 마십시오."

"어? 자네는 사령관을 제일 싫어했던 거 아녔소?"

침지가 쓰게 웃고는 답했다.

"지금은 세상에서 제일 좋습니다. 하아아, 하아……."

"왜?"

"사랑하는 동료들을 위해 죽을 수 있는 기회를 줬으니까요. 우리의 희생으로 많은 동료들이 살 수 있으니까."

그의 말에 달리고 있던 많은 이들의 입가에 미소가 스쳤다.

우공평은 질린다는 표정으로 중얼거렸다.

"하여간 무림서생은 위험해. 왜 저 인간하고 얽히면 사람들이 다 이렇게 이상하게 되는 거야? 하아아, 정말 미치겠다."

그때, 가장 안정된 호흡으로 뛰던 방야철이 그의 어깨를 가볍게 치며 말했다.

"스스로에게 솔직해지시오."

"뭘 말이오?"

"우리 사령관과 함께 있으면 가슴이 힘차게 뛰는 것을 못 느끼오? 진짜 살아 있다는 느낌을 받지 않소?"

"……."

"우리, 살아 돌아가면…… 계속 함께합시다. 사령관과 함께."

우공평의 안색이 하얗게 질려가다가 빽! 외쳤다.

"살면, 살면 그렇게 하겠소!"

"하하하, 약속한 거요?"

"제길, 살아남으면 그렇게 하겠지만, 어려울 것 같으니 문제지."

그때, 선두에서 달리던 천류영이 멈춰 섰다. 왜냐하면 그가 지금 있는 곳이 근방에서 가장 높은 언덕이기 때문이다.

그는 까마득히 보이는 지평선을 보다가 방야철에게 말했다.

"혹시, 저기……."

방야철이 이마의 땀을 훔치며 고개를 끄덕였다.

"맞네. 그들이네. 흠, 자네 안력도 꽤 좋아졌군."

우공평이 혀를 내둘렀다.

"지금 한가하게 그런 얘기나 할 상황이오?"

천류영은 그를 흘낏 보며 웃다가 다시 지평선을 보았다.

"거리가 또 좁혀진 것 같군요. 정말…… 빠르네요."

우공평이 툴툴거리며 말했다.

"그래서 하루에 한 시진밖에 안 자는 것조차 줄이자는 말을 하려는 건……."

그의 말을 천류영이 끊었다.

"오늘은 철야로 이동해야겠습니다."

잠깐 쉬는 시간을 이용해 격한 숨을 내쉬던 이들이 잠깐 멈칫했다가 이내 쓰게 웃었다.

천류영은 자신을 바라보는 이들을 향해 말했다.

"이젠 한계다, 도저히 버티기 힘들다고 생각되는 분들은 저에게 얘기해 주십시오."

그럼 몇 명씩 적당한 곳에서 빠지게 해주겠다는 뜻이다. 물론 이건 도박과 같은 일이었다.

적들이 그 몇 명이 빠져나간 발자국을 보고 무시하면 상관없지만, 그 소수도 잡을 생각으로 병력을 보내면 꼼짝없이 죽게 될 테니까.

침지가 수하들을 한차례 훑고는 미소로 천류영에게 말했다.

"아직은 다 버틸 만합니다."

천류영도 이마의 땀을 훔치며 소리 없이 웃었다.

"다행입니다."

"이럴 줄 알고 최정예로 부대를 꾸린 것 아닙니까?"

"하하하, 그렇습니다. 그럼 다시 힘을 내죠."

선두의 천류영이 또다시 뛰기 시작했다. 침지가 그의 등을 흘끗 보고는 방야철 옆으로 붙었다. 그러고는 그와 나란히 뛰며 물었다.

"사령관이 이 년 전까지 무공이라고는 하나도 모르던 쟁자수였다는 게 사실입니까?"

"사실이다 뿐이오."

"믿을 수 없소. 헛소문이죠?"

"하하하하, 나 역시 과거의 사령관 모습을 몰랐다면 그렇게 생각했을 거요. 하하하하!"

＊　　　　　＊　　　　　＊

공손빈 상장군은 사흘이 지나자 마침내 목궤를 열었다. 그 작은 상자 안에는 세 장의 종이가 접혀 있었다.

그가 첫 번째 종이를 펼치자 주변에 몰려 있던 이들이 괜히 긴장하며 침을 삼켰다.

공손빈은 그 종이를 읽고는 쓴웃음을 깨물다가 말했다.

"우리는 안전할 거라는군."

그런 후, 두 번째 종이를 펼쳤다. 그것을 본 순간, 공손빈의 얼굴이 딱딱하게 굳었다가 아연해졌다.

공손빈이 그 종이를 수하들에게 펼쳤다.

한 단어가 적혀 있는 그 종이를 보면서 수하들의 얼굴도 공손빈과 마찬가지가 되었다. 모두의 눈이 화등잔만해졌다.

이윽고 공손빈이 마지막 종이를 꺼내 들었다.

모두가 숨을 죽였다.

＊　　　　　＊　　　　　＊

탈출 엿새째.

천류영이 이끄는 부대는 산에 들어섰다.

엿새 만에 처음 보는 산이었다. 침엽수가 울창한 산을 천류영은 천천히 걸었다. 그리고 그를 따르는 오백여 명도 말없이 걸었다.

무두르가 지척까지 다가온 것을 모두 알고 있었다.

자신들도 지칠 대로 지쳤고, 적들도 탈진한 상태.

더 이상 승부를 미루는 건 불가능했다. 그래서 지금 천류영이 최후의 결전을 벌일 만한 장소를 물색하고 있다는 것을 모두가 암묵적으로 알았다.

모두가 침묵하며 그를 따라갔다.

산 초입구엔 그래도 작은 오솔길이 있었는데, 조금 더들어가자 그마저도 없어졌다.

얼마나 걸었을까.

천류영이 검지를 들어 절벽을 가리켰다.

방야철이 고개를 끄덕였고, 우공평이 입을 열었다.

"절벽을 등 뒤에 둔 배수진이라……. 나쁘지 않군. 적어도 포위당하진 않을 테니."

그들은 계속 걸어 협곡 안으로 들어섰고, 마침내 절벽에 다다랐다. 그리고 최후의 일전을 대비해 잠깐의 휴식을 즐겼다.

이각 후, 협곡에 무두르가 삼천 수하를 대동하고 등장했다. 엿새간의 추격전에 이천이 뒤처진 것이다.

그들은 발자국들을 쫓아 협곡을 올라갔고, 마침내 천류영 일행과 마주했다.

무두르는 기괴한 웃음소리를 내며 웃다가 붉게 충혈 된 눈으로 말했다.

"어느 놈이 천류영이냐? 그놈만은 내 도끼로 대갈통을 날려 버려야 직성이 풀리겠다."

절벽에 눕다시피 기대 있던 우공평이 창을 들고 일어나며 근처에 있는 천류영에게 말했다.

"사령관, 그동안 즐거웠소. 내가 오는 내내 투덜댄 건, 자네의 진심이 괴로웠기 때문이오. 내 이기심이 들통나는 것 같아서."

천류영이 빙그레 웃으며 대꾸했다.

"압니다."

"젠장, 매번 저렇게 대꾸하니 당할 수가 없잖아. 좋아, 멋지게 싸워보자고."

천류영이 눈살을 찌푸리며 말했다.

"마치 마지막처럼 말씀하십니다."

"그야…… 뭐, 그래. 싸워서 이기자고. 그래서 살아 돌아가자고."

천류영이 고개를 끄덕이며 앞으로 나섰다.

"그래야지요."

그리고 그가 가장 선두에 있는 방야철 옆에 섰다.

방야철이 그를 보고 씩 웃었다.

"기대되는군."

천류영이 계면쩍은 표정으로 소리 없이 웃었다.

방야철이 무두르를 견제하며 크게 외쳤다.

"흩어졌던 까마귀 떼가 다시 모여들고, 구름들이 다시 뭉쳐 뭉게구름이 되니!"

난데없는 그의 외침에 침지를 포함한 이들이 어리둥절해하는 가운데 우공평이 말을 받았다.

"오운진(烏雲陣)?"

천류영이 고개를 끄덕였다.

"예, 오운진입니다."

그의 말이 끝나기 무섭게 협곡의 좌우에서 거대한 함성

이 일었다.

"우와아아아아아!"

흩어졌던 여섯 부대가 돌아와 매복해 있었다.

그들의 목궤 속에 담겨진 두 번째 종이에 적혀 있는 한 단어는 오운진이었던 것이다. 그리고 세 번째는 이곳을 가리키는 지도였고.

제16장
군신(軍神)의 신검합일(身劍合一)

1

"와아아아아아아!"

협곡 위에서 질러 대는 거센 함성.

우공평은 엿새 전 헤어졌던 전우들을 보며 이를 악물었다. 이곳에서 마지막 불꽃을 태우고 산화하리라 작정했다. 여진족의 군량미를 모두 불태운 것으로 만족한다며 자위했다.

하지만 이젠 아니다!

이긴다. 싸워 이기고 살아서 돌아간다.

승전가를 부르며!

어찌 이것이 그 혼자만의 감정이랴!

침지 오백장을 비롯한 오백여 수하들은 전신에 전율이 관통하는 것을 느끼며 창칼을 힘껏 들었다.

그리고 그들도 목 놓아 함성을 질렀다.

"우와아아아아아!"

방금 전까지 탈진해 흐리멍덩하던 눈빛은 씻은 듯 사라졌다. 없던 힘까지 솟구쳐 활력이 온몸을 휘돌았다.

반면, 삼천여 여진족들은 넋이 나간 표정으로 고개를 들어 좌우를 두리번거렸다.

그렇게 별동대는 전율 어린 희망에, 여진족의 에두는 절망스러운 당혹감에 휩싸였다.

천류영이 등 뒤에 메고 있던 무애검을 뽑아 들었다.

차앙!

그가 뽑아 든 검으로 허공을 찌르며 묵직한 중저음으로 힘껏 외쳤다.

"쏘아라!"

그의 명이 떨어지기 무섭게 협곡 위 공손빈 상장군이 복창했다.

"탄시하라!"

협곡 위에서 활시위를 팽팽히 당기고 있던 사천여 별동대가 동시에 손을 놓았다.

티이이이이이이잉!

사천 명이 동시에 활시위를 놓는 소리가 경쾌하게 일

고, 섬뜩한 파공성이 잇달았다.

쇄애애애애애애액!

협곡 위까지의 거리, 불과 십여 장.

허공을 까맣게 물들이며 쾌속하게 짓쳐 드는 화살 비에 삼천여 에두의 눈이 화등잔만 해졌다. 무두르와 에두를 이끄는 인다훈이 동시에 소리를 질렀다.

"막아라!"

"피해라!"

쨍쨍쨍쨍, 째애애애앵!

에두의 고수들이 황급히 짓쳐 드는 화살을 쳐냈다. 하지만 대다수는 아직 냉정을 회복하지 못한 상태.

파파파파파파파아아악!

"끄아아아악!"

"으아아아아!"

수십? 아니, 수백여 명이 거의 동시에 고꾸라지며 비명을 질렀다.

공손빈이 쉼 없이 명을 하달했다.

"계속 쏘아라! 화살을 모조리 쏟아 부어라!"

그뿐만 아니라 중간 중간에 있는 천인장과 오백장들도 목이 쉬어라 외쳐 댔다.

"연사하라! 쉬지 말고 쏘아라!"

"한 놈의 적도 남기지 마라! 계속 쏘아라!"

티티티티이이잉!

쇄애애애애애액!

빗발치는 화살 세례에 에두의 전사들이 속속 죽어 나갔다.

천류영 역시 함께 있는 수하들에게 명을 내렸다.

"쏘아라!"

그렇게 오백여 화살이 여진의 정면으로 폭풍처럼 뻗어 나갔다.

여진은 활이 없는가?

물론 있다. 그러나 지금 그들은 쏟아지는 화살 비를 피하기에도 벅찼다.

쨍쨍쨍쨍쨍!

무두르는 이를 갈며 화살을 쳐내다가 천류영을 보았다.

"아아! 나의 원대한 꿈이 저놈 때문에 이리 허무하게 무너지고 마는가!"

당장 앞으로 달려 나가 저놈의 머리통을 박살내고 싶었다. 하지만 그럴 수가 없었다.

쉼 없이 쏟아지는 사천오백여 개의 화살 중 적지 않은 숫자가 그에게 집중되고 있었던 것이다.

쨍쨍쨍, 째애애앵, 쨍쨍쨍!

거대한 도끼를 휘둘러 쳐내고 쳐내며, 또 튕겨낸다. 도끼에서 뿜어져 나오는 강대한 기운은 한 번의 도끼질에 수십 개의 화살을 뭉그러뜨리며 박살냈다.

그러나 빗발치는 화살은 당최 멈출 생각이 없는 듯했다.

파직.

"큭."

하나의 화살이 무두르의 왼쪽 어깨에 박혔다. 무두르는 자신도 모르게 단말마를 뱉으며 살짝 휘청거렸지만, 곧 중심을 잡고 계속 화살들을 쳐냈다. 다행히 비껴 맞아 큰 부상은 아니었다.

이 정도의 부상은 죽어가는 수하들의 비명에 비하면 아무것도 아니었다. 가슴에 가득한 울분이 폭발해 미칠 것만 같았다.

"으아아아악!"

"무두르여! 우리를…… 크억."

무두르의 눈에 핏발이 섰다.

협곡에 들어서면서 탈진한 수하들은 마지막 전투에 남은 힘을 쏟아 부으려 했다. 그러나 함정에 빠져 공황 상태였던 그들은 제대로 반격하지 못하고 허망하게 쓰러져 갔다.

그렇게 반 각 정도 지났을까.

가히 여진족을 맹폭하던 화살비가 마침내 잦아들기 시작했다.

천류영이 소리를 질렀다.

"그마아아안!"

그의 고함이 떨어지기 무섭게 화살이 멈췄다.

찰나의 순간, 모두가 천류영을 보았다.

그와 함께 엿새간 움직인 방야철과 우공평, 그리고 침지와 그 수하들이 보았고, 협곡 위에서 공손빈 상장군이 이끄는 사천 정예가 보았다.

그리고 무두르와 인다훈이 천류영을 쏘아보았고, 동료들의 시신 아래, 혹은 바위 뒤에 숨어 있다가 몸을 일으키는 여진족 전사들도 천류영에게서 시선을 놓지 않았다.

용케 살아 있는 에두의 인원을 천류영 옆의 방야철이 재빠르게 간파했다.

"일천에서 일천이백 정도군."

침지가 곧바로 말을 붙였다.

"항복을 권유합니까?"

그러나 천류영은 차가운 얼굴로 고개를 저으며 고함으로 명을 내렸다.

"공격하라!"

살아남은 여진족들은 활을 가지고 있었으며, 충분한 화살이 있었다. 여진족들이 활을 쏠 채비를 하기 전에, 그들이 전열을 가다듬기 전에 들이쳐야 했다. 난전으로 유도해 활을 무용지물로 만들어야 한다.

전장에서 여유와 자비는 독(毒)이라는 것을 천류영은 어려서부터 잘 알고 있었다. 특히나 최정예 부대는 어지간해서는 항복하지 않는다. 그들이 믿고 따르는 장수가 살아 있는 한!

방야철이 옳은 판단이라는 미소를 싱긋 지으며 선두에서 튀어나갔고, 우공평과 침지가 뒤따랐다. 물론 함께 있는 오백여 별동대원들도 창검을 들고 뛰었다.

"와아아아아아!"

협곡의 좌우에 있는 절벽에서도 사천여 별동대가 움직였다. 경사가 가팔라 빠르게 이동하긴 어렵지만, 내려가는 데 큰 어려움은 없었다.

십여 장의 높이.

공손빈 상장군을 포함한 장수들과 날랜 고수들은 마치 평지를 뛰는 것처럼 아래로 내달렸고, 그 뒤를 수하들이 조심스럽게, 그러나 최선을 다해 바삐 움직였다.

무두르가 정면과 좌우에서 들이닥치는 별동대를 보며 포효했다.

"으아아아아! 네놈들을 모조리 죽여주마!"

쇄애애액!

그의 거대한 도끼가 정면의 허공을 갈랐다.

쩌어어엉!

무두르의 눈동자가 흔들렸다. 전력을 다한 자신의 도끼

를 고작 칼로 받아 내다니. 그것도 정면으로 받았는데도 전혀 밀리지 않았다!

달려드는 모습이 예사롭지 않더니, 한가락 하는 놈이 분명했다.

도끼를 막아낸 박도의 주인이 말했다. 그가 유일하게 익히고 있는 여진어로.

"알고 죽어라. 내가 낭왕 방야철이다."

쇄애액. 쩡쩡쩡, 쩌어엉!

그의 박도가 무두르를 향해 파고들었다. 그의 박도에서 쏟아지는 도풍과 도기가 전면의 공간을 매섭게 두들겼다.

그러나 무두르는 여진 최고의 용사.

그의 신형에서 뿜어져 나오는 호신지기가 도풍과 도기를 소멸시켰다. 동시에 어마어마한 무게를 가졌음이 분명한 도끼가 박도의 속도에 전혀 뒤처지지 않고 움직였다.

퍼퍼퍼퍼어엉! 쩌엉, 쩡쩡!

둘 다 언젠가 절대고수가 될 초절정고수.

이미 인간의 한계를 초월한 두 초인의 결투가 불꽃 튀었다. 둘이 쏟아내는 강대한 기운에 땅 위의 눈이 움푹움푹 꺼지다가 허공으로 떠올라 눈보라가 되어 휘몰아쳤다.

낭왕의 박도가 수직으로 내리꽂혔다.

쩡!

무두르의 도끼가 박도를 튕겨내고 앞으로 쑥 뻗었다.

차악. 빙그르르, 쩡!

낭왕이 몸을 살짝 돌리며 도끼를 피하는 동시에 내려쳤다. 도끼가 밑으로 팽개쳐질 만도 한데, 내려가는 듯하다가 솟구쳤다.

파아앗.

낭왕의 털옷이 찢어졌다. 동시에 박도도 섬전처럼 움직였다.

파앗.

무두르의 이마에 엷은 생채기가 생기며 선혈이 흘렀다.

파라라라라. 쩡쩡, 쩡쩡쩡!

둘이 빙글 회전하면서 박도와 도끼를 충돌시켰고, 낭왕이 주먹을 쥐고 뻗었다.

퍼엉, 퍼억!

낭왕의 권격이 무두르의 가슴을 강타했다. 동시에 무두르의 발은 낭왕의 허벅지를 후려쳤다.

"음."

"흐음."

낭왕이 눈살을 찌푸리며 두 걸음 뒤로 물러났다. 무두르 역시 두 걸음 물러나서 낭왕을 노려보았다.

"하아아, 하아아……."

둘 다 격한 호흡을 터트렸다. 하얀 입김이 연신 허공으로 떠올랐다.

낭왕의 입가에 미소가 어렸다.

"간만에 제대로 된 상대군."

그러나 무두르의 얼굴엔 낭패가 스쳤다.

쉽게 끝낼 수 없는 상대.

이자를 죽이고 천류영도 없애야 한다. 그것이 이 기울어가는 전투를 단숨에 역전시킬 유일한 희망이다.

무두르는 지체 없이 달려들었다.

쇄애애액.

그의 도끼가 낭왕의 목을 향했다. 낭왕은 그 도끼를 보며 피식 웃고 뒤로 물러났다.

다시 도끼가 그를 쫓았다. 그러나 낭왕은 부딪치지 않고 계속 몸을 피했다.

결국 무두르가 성을 냈다.

"싸우지 않을 건가?"

방야철의 눈이 커졌다.

"호오, 우리말을 할 줄 아나?"

"싸우지 않고 피하기만 하는 네가 무인이라 할 수 있는가?"

"한심해서 말이지."

"뭐라?"

"초조한 건 알겠다. 시간이 흐를수록 불리해질 테니까. 하지만 그렇다고 그리 흥분해서야."

"⋯⋯."

"너도 알잖나, 군량미가 모두 잿더미로 변한 순간 이번 전쟁은 끝났다는 것을. 무두르, 네가 이곳의 수하를 진정으로 아낀다면 항복해라. 그럼 내가 사령관에게 잘 아뢰어 남은 자들의 목숨만은 살려주마."

"갈! 닥쳐. 전쟁에 패할지라도 네놈들만큼은 다 죽일 것이다. 너희들이 전쟁에서 이겨도 우리는 이 전투를 이겨 최소한의 명예와 자존심을 세울 것이다. 그리하여 훗날 내 후예가⋯⋯."

낭왕이 무두르의 말을 끊었다.

"개소리. 명예? 자존심? 그런 말을 지껄이는 자가 적국의 상단과 내통해 지원을 받았나?"

"⋯⋯!"

무두르는 일시 말문이 막혔다. 그의 눈이 거칠게 흔들렸다.

이자들은 어디까지 알고 있는 걸까?

낭왕이 서늘한 어조로 말했다.

"명예와 자존심을 말하고 싶다면, 네 힘으로 일어섰어야 했다. 설사 적을 이용하더라도 적당히 했어야지. 무두르, 받는 것에 익숙해지면 결국 그들의 요구대로 움직이는 꼭두각시밖에 될 수 없다는 것을 모르는가?"

"⋯⋯."

"여진의 진정한 힘은 들개와 같은 야생성에 있다고 들었다. 그러나 너는 말 잘 듣는 사냥개에 불과했어. 무두르, 넌 가짜다."

무두르가 어금니를 깨물었다. 반박해야 하는데, 그럴 수가 없었기에.

언제부터인가 자신도 깨닫고 있었다. 천하상회가 주는 지원과 정보가 달콤한 꿀인 것만은 아니라는 것을. 그들에게 기대고 있는 자신을 볼 때마다 소스라치게 놀란 적도 있었다.

수십 년간의 전쟁.

몇 번인가 전쟁을 끝낼 결정적인 기회가 있었다. 그때마다 막아선 건 다름 아닌 천하상회였다.

그들이 말했다.

함정이라고.

지금 공격하면 함정에 빠진다고.

분명 자신의 동물적 감각은 지금 공격하면 이긴다고, 전쟁을 끝낼 수 있다고 말하고 있는데, 결국 그러지 못했다. 자신도 모르는 사이에 길들여진 것이다.

낭왕이 말했다.

"무기를 버리고 항복해라."

무두르가 입술을 질끈 깨물었다.

"네 말이 옳다. 하지만 그렇기에 나는 싸울 수밖에

없다."

낭왕이 눈살을 찌푸리다가 이내 쓴웃음을 깨물었다.

"그런가? 그렇겠군."

낭왕의 말이 옳기에 무두르는 싸울 수밖에 없는 것이다. 여기에서 항복하는 모습을 보인다면, 끝까지 적국의 길들여진 사냥개로 최후를 마치게 되는 꼴이니까.

낭왕이 박도를 고쳐 잡으며 말했다.

"무두르, 네 말이 맞다. 마지막은 야생의 들개로 죽여주마."

그가 무두르를 향해 달려들었다.

사위에서 고함과 비명 소리가 진동했다.

우공평과 침지가 인다훈을 상대로 정신없이 싸웠고, 수하들끼리도 충돌했다.

공손빈 상장군을 포함한 장수들과 날랜 고수들이 속속 협곡 아래로 도착했고, 여진족 일부는 화살을 쏘았다.

쇄애애애액. 팟팟팟! 째애애앵. 쨍쨍쨍!

"죽여라!"

"공격하라!"

"으아아아악!"

쇳소리, 고함 소리, 그리고 비명이 혼돈의 협곡 내부를 뒤흔들었다.

한편, 천류영은 자신의 자리에서 전황을 지켜보다가 발을 내디뎠다. 혹시 여진족의 후위가 협곡 밖으로 도망가지 않을까 하는 기대를 가지고 살폈던 것이다.

그러나 그들은 항전을 선택했다. 역시 아까 항복 권유를 했더라면 돌아오는 건 화살 세례뿐이었을 것이다.

어쨌든 이제 전황이 바뀌진 않을 것이리라.

난전이 끝나기 전까진.

그리고 결국 승리하게 될 것이다.

이제 남은 문제는 최소한의 피해로 승리하는 것.

여진의 최정예 부대인 에두.

지금까지 살아남은 이들은 최고 중의 최고였다. 그렇기에 쉽게 꺾이지 않고 분투했다.

그때, 완전히 탈진했을 뿐만 아니라 협곡에서 발목까지 접질려 유일하게 공격에 참가하지 못한 수하가 천류영을 만류했다.

"사령관님! 굳이 사령관께서 직접 나서지 않아도 되지 않겠습니까?"

천류영을 바라보는 수하의 눈에는 신뢰가 가득했다.

이런 사람이 자신의 장수라면, 그 어떤 전투도 두렵지 않을 것이다. 전장에서 전설처럼 떠도는, 모든 전투를 승리로 이끈다는 군신(軍神)의 자질이 있는 사람이었다.

아니, 눈앞의 이 사람은 이미 군신이었다.

적어도 자신에게 천류영은 그런 존재였다. 방금 전까지 죽음과 절망만 생각하던 자신에게 삶과 희망을 보여주고 있으니까.

그런 생각이 강하게 드니 혹여 천류영이 잘못될까 하는 두려움마저 든 것이다.

천류영이 빙그레 웃고 말했다.

"내가 북로동정군에 온 이유 중 하나는 제 무예를 갈고 닦으려는 목적도 있었습니다. 실전만큼 훌륭한 수련은 없지요."

"하지만……."

"걱정하지 말고 쉬세요. 동료들과 함께 승리를 가져올 테니까."

천류영이 앞으로 걸어 나갔다. 그때, 쥐고 있는 무애검이 살짝 진동하더니 말을 걸어왔다.

[후우우, 너는 정말 내 힘이 필요 없구나. 내 힘이 없어도 스스로 헤쳐 나가는구나.]

천류영이 반년간의 침묵을 깬 무애검에게 놀라 눈을 치켜떴다.

'호오, 살아 있었군. 잘 지냈나?'

[대체 너는 왜 나를, 내 힘을 이용하려 하지 않는 거지? 정말 너 같은 녀석은 처음 본다.]

'그건…….'

[됐다. 이제 이유 같은 건 상관없어. 네가 어떤 녀석인지는 충분히 보고 느꼈으니까.]

'무슨 뜻이지?'

[거래하자.]

'그딴 거래는……'

[아니, 거래가 아니라 허락이다. 널 내 동료로 인정하마. 너라면…… 이용이 아닌 진정한 하나가 될 수 있을 것 같다.]

'……?'

[잊지 마라. 네가 주인이 아니라는 걸. 동료다. 부디 날 배신하지 않기를…… 바란다.]

영문 모를 말에 천류영이 고개를 갸웃거렸다.

'무슨 말인지는 모르겠지만, 대화는 나중에…… 허억!'

쿠쿠쿠쿠쿠우우웅!

순간, 검을 쥐고 있는 손으로 거대한 기운이 물밀듯 들어왔다.

[힘을 받아들여라. 그동안 이미 네 몸속의 통로를 확보해 두었으니, 겁낼 것 없다.]

"으으으윽."

천류영은 이를 악물었다.

불과 몇 십 걸음만 걸어가면 고성이 오가는 치열한 전장. 그 앞에서 천류영은 몸을 부르르 떨었다.

2

눈앞이 가물가물해지고, 귀로 파고들던 쇳소리와 아우성이 아득하게 멀어졌다.

'젠장, 이럴 때가 아닌데…….'

지금 화살이라도 짓쳐 들면 어떻게 하라는 건가.

쿠쿠쿠쿠우우웅!

무애검으로부터 들어오는 기운.

손을 거쳐 팔을 타고 어깨를 통해 몸통으로 들어선다. 그리고 혈도를 타고 거칠게 질주한다. 하단전으로 침투하더니 제멋대로 단전을 돌리고, 다시 밖으로 튀어나와 사방으로 퍼져 나간다.

"으으으으……."

천류영은 어금니를 깨물고 치를 떨었다. 예전 사천의 당문세가에서 풍운이 자신의 혈맥을 다스려 치료하던 때가 얼핏 떠올랐다.

그때만큼은 아니지만, 지독히 고통스러웠다.

검령(劍靈)은 말했다, 통로를 확보해 두었다고.

그런데 뭐가 이렇게 괴로운가. 몸이 폭발해 갈기갈기 찢겨질 것만 같았다.

무애검이 윽박질렀다.

[입 다물어! 정신을 잃지 마라! 너라면 이 정도는 충분히 견뎌낼 수 있다!]

무애검의 기운은 천류영의 기경팔맥을 헤집는 것으로도 모자랐는지, 세맥에까지 발을 들여놓았다. 아직 용해되지 못하고 있던 만액환단의 일부가 삽시간에 단전 속으로 녹아들었다.

그리고 그의 고막으로, 아니, 머릿속에서 쾅! 하는 굉음이 일었다.

"커흑!"

천류영은 한쪽 무릎을 털썩 꿇으며 각혈을 해 댔다. 검은 피가 입에서 울컥 쏟아졌다.

[내가 통로를 확보해 둔 것도 있지만, 예전에 누가 한 번 뚫어놓아서 쉽게 끝냈다. 뭐, 그걸 믿고 시도한 거지만. 안 그랬다면 백이면 백, 너는 죽었어.]

천류영은 욕지기가 치밀었다.

'쉽게 끝냈다고?'

까무러치는 줄 알았다. 자칫 죽을지도 모른다는 생각마저 들었다.

진심으로.

그런데 쉽게라고?

이렇게 무지막지한 기운을 허락도 없이 갑자기 몸속으로 퍼붓다니. 비록 자신이 내공 심법에 관한 고수는 아니지만, 이것이 얼마나 위험한 일인지 정도는 안다.

또한 엿새간의 도주로 인해 체력이 많이 떨어진 상태에서 이런 미친 짓을 하다니!

천류영의 생각을 읽은 무애검이 말했다.

[나도 그 정도는 알아. 그래서 한 번에 끝내지 않은 거라고. 지금 시간이 얼마 없는 이유도 있고.]

"……?"

[일단 지금은 내 힘을 계속 빌려 쓰더라도 네 몸이 상하지 않게 기초만 닦아놓은 거다. 어쨌든 고맙지 않나? 내 덕에 기연을 얻은 거나 진배없는데.]

고맙긴 개뿔.

못 견디고 죽었으면 어쩌려고? 눈먼 화살이 심장을 뚫었으면 어쩌려고?

그리고 지금은 동료와 수하들이 싸우고 있는 상황이었다. 기연 타령이나 하고 있을 때가 아니란 말이다.

더더군다나 무애검의 위험성을 새삼 깨달았다.

이 검은 주인을 죽일 수도 있는 것이다. 어쩌면 젠죠는 그래서 무애검을 쓰지 않았는지도.

그런 생각을 하자 무애검이 섭섭하다는 투로 말했다.

[널 죽이려면 진즉 죽였지. 네가 먼저 날 배신하기 전에는 내가 손을 쓰지 못해. 그건 나에게 허용된 인과율에 어긋나니까.]

대체 사람과 검 사이에 어떻게 배신이라는 말이 의미를 가질 수 있단 말인가. 그리고 인과율이란 말은 또 뭔가?

'일단 방금 한 말에 대해서는 나중에 더 얘기하자.'

[그러지.]

천류영은 아직도 머리가 어질어질해서 깊게 심호흡을 해 댔다. 그러고는 일어나려다가 멈칫했다.

몸이…… 가볍다. 체력이 많이 떨어져서 몸이 천근만근 무거웠는데.

무엇보다 손에 쥐고 있는 무애검.

천류영은 잠깐 멍한 눈빛으로 검을 내려다보았다.

일체의 무게감이 없다. 검을 들고 있는 기분이 들지 않았다. 마치 팔이 길어진 것처럼, 자신의 몸과 동화된 것 같은 느낌이었다.

'착각……'

[착각이 아니다. 너와 나는 지금 한 몸이나 다름없어. 일종의 신검합일(身劍合一)이지.]

'……'

[평소 네가 싸우던 방식으로 움직이면 된다. 차이는…… 스스로 직접 느끼는 게 낫겠지.]

천류영이 등허리를 꼿꼿이 펴고 전면을 보았다.

여전히 치열한 전투가 벌어지고 있는 전장.

[반 각의 시간이 지났을 뿐이야.]

천류영은 검을 쥐지 않은 손으로 이마를 짚으며 고개를 흔들었다. 당장 앞으로 나가 싸움에 합류하고 싶은데, 동료와 수하들을 도와주고 싶은데, 어지럼증이 좀처럼 가시지 않았다.

그때, 발을 접질려 뒤에 있던 장정이 어느새 다가와 말을 건넸다.

"사령관님! 괜찮으십니까?"

걱정이 뚝뚝 묻어나는 목소리였다.

하긴 싸우겠다고 나가던 사람이 한쪽 무릎까지 꿇고 헉헉대고 있었으니.

"아! 괜찮습니다."

"몸 상태가 좋지 않으신 것 같은데, 아무래도 물러나시는 게 좋을 듯합니다. 제가 사령관님처럼 전황을 잘 파악하지는 못하겠지만, 우리가 우세한 것만큼은 확실하니까요."

천류영은 고개를 저었다.

"그렇다고 방심할 수는 없습니다. 만약 에두의 뒤처진 전사들 중 몇 백이라도 들이닥치면 우리의 피해는 걷잡을 수 없이 커질 테니까요. 한 손이라도 거들어 최대한 빨리 이곳을 수습해야 합니다."

"그, 그렇군요. 하지만……"

"너무 걱정하지 마십시오. 일단 무리에서 뒤처진 자들

은 어느 정도 휴식을 취하고 움직이는 법이니까. 나는 그저 혹여 있을 최악의 사태를 대비하자는 것뿐입니다."

"아니, 저는 사령관님이 걱정돼서……."

"아! 저는 정말 괜찮습니다."

천류영은 엷은 미소로 그를 안심시키고 전장을 살폈다.

가장 치열한 일진일퇴가 벌어지는 곳, 낭왕과 무두르는 그야말로 경천동지의 혈투를 벌이고 있었다. 그 둘이 싸우는 주변으로는 그들이 뿜어 대는 기운으로 인해 돌개바람이 불었고, 땅 위의 눈들이 위로 솟구쳐 흩날렸다.

감히 어느 누구도 근처에 접근조차 할 수 없는 격돌이었다.

이곳에 있는 이들 중 최고수들 간의 싸움.

만약 낭왕이 패배한다면 다 잡은 승기를 놓칠 수 있었다.

하지만 천류영은 낭왕이 이기리라 믿었다.

그는 재작년 항주에서 천마검이 말한 것을 똑똑히 기억하고 있었다.

당시 천마검은 호위로 낭왕이 어떻겠냐는 조언을 했다. 풍운이 천재 검사라는 소문은 들었지만, 아직 어리니 경험이 부족할 터. 자신 같으면 낭왕을 더 가까이 두겠다고.

천마검은 낭왕을 초지명 흑랑대주와 비슷한 부류라고 말했다. 상대가 강하면 강할수록 그에 맞춰 강해지는 극

소수의 진짜 전사들.

타고난 재능과 각고의 노력, 그리고 무수한 실전 경험과 목숨까지 거는 배짱을 갖춘 그들은 한두 단계 위의 고수들도 종종 꺾을 수 있는 진짜배기라고.

설사 절대고수라도 낭왕이나 흑랑대주는 쉽게 꺾기 힘들다며 농담 같지 않은 농담을 했었다.

"나는…… 정파의 십대고수 같은 자들은 몇 명이 합격해 와도 전혀 두렵지 않아. 무림맹주 검황? 안중에도 없어. 하지만 낭왕이라면 얘기가 달라. 전력을 다해서 싸울 거야. 조금만 방심했다가는 나도 손 하나 정도는 내줘야 할 수도 있으니까."

천류영은 시선을 옮겨 다음으로 치열한 결투를 보았다.

전장의 중앙.

우공평과 침지, 그리고 아인이라는 오백장이 여진의 한 장수와 팽팽한 결투를 벌이고 있었다. 아마 저자가 에두를 이끄는 인다훈일 것이다.

여진족 사천왕 중 일인.

천류영을 전장을 고루 훑었다.

에두의 전사들은 수적으로 훨씬 불리한데도 포기하지 않고 맹렬히 저항했다. 두셋씩 조를 이뤄서 버텼다. 그들은 간절히 바라고 있는 것이다.

무두르가 적의 수뇌부를 잡아 이 전투를 끝내주기를.

천류영은 당장 전투에 합류하고 싶은 마음이 굴뚝같지만, 서두르지 않았다.

반 각의 시간 동안 변한 것이 없는지 꼼꼼하게 확인했다. 그러는 사이에 두통이 대부분 사라졌다.

[이제 가자고.]

천류영은 자신도 모르게 눈살을 찌푸렸다.

"나는 네 종이 아니야."

입 밖으로 튀어나온 말에 걱정스럽게 바라보던 장정이 당황했다.

"아! 사령관님, 싸우지 말라는 제 말이 무례하게 들렸다면 죄송합니다. 저는 단지 사령관님이 걱정돼서……."

무애검이 웃음을 터트렸고, 천류영은 한숨을 삼켰다.

"아, 아닙니다. 당신에게 한 말이 아닙니다."

천류영은 멋쩍은 표정으로 앞으로 움직였다. 그런 천류영의 등을 불안한 눈으로 지켜보던 장정은 방금 들은 말도 있고 해서 더 이상 만류하지 못했다.

"부디 아무 일 없어야 할 텐데……."

쇄애애액!

천류영이 전장의 지척까지 다가서자 마치 기다렸다는 듯이 하나의 화살이 쇄도했다. 여진족 중 몇몇은 동료들 틈바구니에 섞여서 화살을 쏘아대고 있었다.

천류영은 짓쳐 드는 화살을 보며 입술을 깨물었다.

원래도 화살쯤은 쳐낼 실력이 있었다. 극도로 집중해 검을 움직이면.

그런데 지금 천류영은 다가오는 화살을 보며 묘한 감정에 휩싸였다.

쉽다. 너무 쉽게 느껴졌다. 별다른 위기감이나 긴장감이 들지 않았다.

'이건 좋지 않아.'

천류영은 집중했다.

하단전부터 시작해 전신에 힘이 충만하지만, 자만은 금물이라고 속으로 되뇌었다.

무애검이 불쑥 말했다.

[역시.]

패액, 쨍!

무애검을 살짝 움직여 화살을 튕겨냈다. 그가 전장에 들어선 것을 본 아군과 적군의 표정이 극명하게 갈렸다.

다하금 천인장이 빽! 외쳤다.

"사령관, 뒤에 물러나 계십시오!"

여진족 중 누군가도 여진어로 소리 질렀다.

"저놈이 수장이다! 저놈을 죽여라!"

근처에서 싸우고 있던 여진족들이 서로 눈짓을 하더니 일부가 별동대에게 막무가내로 달려들었다. 자신이 죽더라도 동료가 천류영에게 갈 수 있게 길을 터주기 위함이었다.

째째째애애앵, 쨍쨍쨍!

도검과 창이 어지럽게 충돌하며 시퍼런 불똥을 일으켰다. 그리고 세 여진족이 천류영을 향해 달려들었다.

천류영은 심호흡을 하며 싱긋 미소 지었다.

'자만하지 않아. 긴장해. 지금껏 해온 것처럼 내 땀방울과 집중력만 믿어.'

무애검이 또 맞장구쳤다.

[역시!]

다리는 어깨 간격보다 조금 넓게, 양팔은 옆구리에 붙인다.

공격이 아니라 수비세. 그리고 기회가 오면 찌르기로 승부한다.

천류영의 동공이 확장됐다.

쇄애애액!

선두의 여진족이 들고 있던 창을 쏘아 던지고, 옆구리의 기형도를 빼내 들었다.

팅!

가볍게 단창을 튕겨내고 검을 제자리로. 그리고 곧바로 들이닥치는 기형도를 받아냈다.

쩌엉!

보통 때의 쨍! 하는 쇳소리가 아니라 무거운 소리가 났다.

"헉!"

기형도의 여진족 눈이 휘둥그레졌다.

어마어마한 반탄력!

기형도가 뒤로 팽개쳐 날아갈 것만 같았다. 칼을 쥔 손목이 시큰거리고, 그 팔이 뒤로 홀쩍 젖혀졌다. 때문에 그의 전신이 무방비가 되었다.

쇄액. 푹.

"컥!"

천류영은 번개같이 검을 뻗어 그의 심장을 찔렀다 빼고는 앞으로 세 걸음 나섰다.

두 여진족이 동시에 좌우에서 덮쳤다.

'왼쪽이 약간 빨라.'

생각과 동시에 그의 검이 왼쪽으로 움직였다.

쩌엉, 푹.

그리고 오른쪽으로.

쩌엉, 푹.

쳐내고 찌른다. 그리고 회수하고 다시 움직인다.

단순한 움직임.

그런데 놀랍도록 빠르고 정확했다.

여진족 에두의 조장 하나가 경공으로 몸을 날려 왔다.

그 경공 실력으로 보건대, 상당한 내공의 소유자가 분명했다.

파라라라라! 쇄애애액, 쩌엉!

도검이 충돌하며 시퍼런 불똥을 일으켰다. 여진족 조장의 눈이 거칠게 흔들렸다.

충돌하는 순간, 몸의 중심을 잃을 뻔했다.

이자가 사령관이 맞다면, 무두르가 말씀하신 것처럼 무림서생 천류영이다. 불과 이 년 전까지 무공이라고는 전혀 모르던 쟁자수.

그런데 어떻게 이런 내공을!

쇄애애액. 쩡쩡, 쩡쩡쩡!

그의 검이 천류영을 두드렸다. 그러나 천류영은 한 치의 물러섬 없이 그의 검을 모조리 튕겨냈다.

만약 무애검이 없었다면 벌써 뒤로 튕겨져 나갔을 터나 지금은 상대의 내공에 밀리지 않았다.

그리고 푸욱!

당황한 조장이 드러낸 찰나의 허점. 그 허점을 천류영의 검이 뚫었다.

목을 관통당한 여진 조장이 피를 줄줄 흘리며 불신의 눈빛으로 천류영을 보았다. 그러나 천류영은 무애검을 뽑고 다시 앞으로 발을 내디뎠다.

그의 앞으로 여진족들이 계속 막아섰다. 하지만 그들은

천류영을 죽일 듯 몇 차례 두들기다가 어느 순간 비명과 함께 고꾸라졌다. 어떤 자는 불과 일 초 만에 목숨을 잃었다.

천류영은 천천히, 그러나 단 한 번의 물러섬 없이 계속 앞으로 나아갔다.

한 걸음씩 뚜벅뚜벅.

긴장을 풀지 않고 신중하게.

그의 뒤로 죽어간 여진족 전사들의 시체가 줄을 이었다.

결코 화려하지 않았다. 그러나 사람들의 표정이 변하기 시작했다.

이건 마치 천류영과 검이 하나인 것 같았다.

그의 마음이 움직이는 곳에 검이 있고, 검이 있는 곳에 그의 의지가 존재하는 것 같았다.

지독하게 단순하지만, 한 군데의 군더더기도 없었다.

잔뜩 웅크린 그의 자세에서 허점이라고는 전혀 보이지 않는다.

마치 천류영이 하나의 검인 것처럼.

그때, 뒤에서 불안하게 지켜보던, 발목 접질린 장정이 부들부들 떨다가 양손을 번쩍 치켜들고 고함을 질렀다.

"우와아! 저건 분명 신검합일이야! 진짜 군신이다아아!"

균열, 균열이 생기고 있었다.

그랬다. 천류영이 걸어간 길, 그의 행보가 균열이었다.

우세하나 아직 확실한 승기를 잡지 못한 별동대.

불리하지만 마지막 희망의 끈을 놓지 않고 악착같이 버티던 여진족의 에두.

그 치열한 전장에 들어선 천류영 사령관.

양쪽 모두에게 매우 큰 의미이며 존재인 그가 담담히 이동하며 전장에 균열을 만들었고, 그로 인해 에두의 전사들은 정신적인 공황에 휩싸였다. 반대로 별동대의 사기는 한껏 치솟았다.

어디 사기만 올랐으랴.

형세도 확 바뀌었다.

여진족은 천류영을 죽이려고 무리수를 던졌다.

천류영을 죽이러 가는 동료들의 길을 터주기 위해 막무가내로 별동대에게 달려들던 이들은 결국 큰 부상을 입거나 쓰러질 수밖에 없었다.

천류영을 상대한 여진족보다 훨씬 더 많은 이들이 그렇게 별동대의 손에 죽어갔다.

상황이 이러니 처음엔 조금씩 기울던 형세가 어느 순간 확연하게 기울었다.

그리고 마침내 천류영은 자신의 앞을 막아서는 여진족들이 없음을 깨달았다. 그건 더 이상 에두의 전사들이 천류영을 죽이려고 무리하게 동료를 빼내는 것이 한계에 다다랐음을 뜻하는 것이었다.

동시에 그가 고수들의 결전장 안으로 들어선 때문이기도 했다.

우공평과 침지, 그리고 아인이 세 방향에서 인다훈을 공격하는 그 공간.

그들은 천류영의 활약을 보지 못했다. 그만큼 인다훈과 숨 돌릴 틈도 없이 치열하게 싸우고 있던 것이다.

그런데 그 공간 안으로 천류영이 들어섰다.

그들이 그제야 천류영을 보고는 대경실색했다.

"사, 사령관이 왜 여기에?"

"물러나십시오!"

아인은 황당해 말문을 잃었다. 그리고 인다훈은 이게 웬 떡이냐는 표정을 지었다. 그런 표정과 함께 그의 신형이 움직였다.

타악.

그가 발로 땅을 힘껏 차며 몸을 날렸다.

그야말로 무시무시한 속도로 그의 신형이 천류영에게 쇄도했다.

우공평이 '아차!'라고 외치며 움직였고, 침지와 아인도 힘껏 발을 놀렸다.

한편, 천류영은 자신이 실수했음에 머쓱한 표정을 지

었다.

속으로 '침착하게, 차분하게'라고 중얼거리면서 싸웠다. 그런데 그도 처음으로 이런 경험을 하다 보니 약간 들뜬 상태가 되어버린 것이다.

상대의 공격에 밀리지 않는 것과 예전보다 훨씬 더 빠르게 칼을 움직일 수 있다는 것이 이렇게까지 엄청난 결과를 만들어낼 수 있다는 게 믿기지 않았다.

파아아앗!

섬뜩할 정도로 빠르게 이동한 인다훈이 어느새 천류영의 지척까지 다가왔다.

조금은 상기된, 그리고 약간은 머쓱해하던 천류영의 표정은 어느새 차분해져 있었다.

쇄애액.

인다훈의 철봉이 천류영의 정수리로 떨어졌다.

순간, 그 광경을 본 모두의 눈이 찢어질 듯이 커졌다.

화애액.

철봉을 마중 나가는 천류영의 검. 그 검에 핏빛 검강이 어려 있었다.

3

천류영은 짓쳐 드는 철봉에 강대한 힘이 실렸음을 간파

하고 한 발을 뒤로 물려 몸의 중심을 단단히 잡았다. 반면, 인다훈은 천류영의 검에 어린 검강을 보고 숨을 들이 켰다.

'검강이라니, 절대고수란 말인가?'

그렇다면 이런 정면충돌은 위험하다. 후회막급이다. 한 번이라도 탐색을 해볼 것을!

하지만 내친걸음, 돌이키기엔 이미 늦었다.

그리고 천류영에 관한 정보가 잘못됐더라도 이놈을 빨리 잡아야만 한다. 놈이 절대고수라도 죽여야 한다.

그것만이 패색이 짙은 전세를 단숨에 뒤집을 수 있는 유일한 길이다.

콰앙!

"큭!"

폭음과 함께 인다훈의 입에서 고통 어린 단말마가 튀어 나왔다. 뿐만 아니라 인다훈의 신형이 뒤로 주르륵 미끄 러졌다.

천류영도 두 걸음 밀려나면서 기우뚱하는 모습을 보였지만, 곧바로 자세를 잡았다. 손아귀가 짜르르 경련하고, 팔도 저렸다.

과연 무두르의 사천왕 중 하나.

하지만 이 정도의 충격은 풍운이나 낭왕과의 숱한 비무에서 지겹게 경험했다.

천류영은 심호흡을 하며 다시 앞으로 발을 내디뎠다.

쐐애애액. 슈가각.

인다훈을 뒤따라오던 침지와 아인 오백장이 미끄러지는 그의 뒤를 노렸다. 그렇게 두 개의 병장기가 인다훈의 등을 꿰뚫는 듯싶었다. 하지만 인다훈은 미끄러지던 자세에서 몸을 도약시키며 빙글 회전했다.

파라라라. 쨍, 쩡!

절체절명의 상황에서 보인 인다훈의 신기와 같은 몸놀림. 침지와 아인의 공격이 물거품 되는 바로 그 순간, 하나의 창이 빛살처럼 들어왔다.

인다훈은 그 창을 포착했지만, 거기까지가 한계였다. 가뜩이나 중심을 잃은 상황에서 두 명의 기습을 막은 것도 기적적인 일이다.

콰직!

우공평의 창이 인다훈의 오른쪽 엉덩이에 박히며 날카로운 창두(槍頭)가 몸 앞으로 튀어나왔다.

"크아아아!"

인다훈은 비명을 지르며 앞으로 팽개쳐지듯 고꾸라졌다. 엎어졌던 그가 재빨리 설원을 한 바퀴 구르고 일어서는 그 자리에 천류영이 있었다. 그리고 천류영은 이미 무애검을 힘껏 뻗는 중이었다. 인다훈의 눈동자가 거칠게 흔들렸다.

피해야 하는데 놈의 검은 이미 가슴팍에 다다라 있었다. 마치 자신이 이렇게 움직일 것을 예상한 것처럼 미리 행동한 것이다.

푸욱!

인다훈의 몸이 사시나무 떨듯이 덜덜 떨렸다. 그의 고개가 밑으로 떨어지며 가슴에 박힌 검을 보았다.

"쿨럭."

한 차례의 기침.

검붉은 피가 입 밖으로 튀어나오며 흘렀다.

인다훈의 고개가 들렸다. 그리고 그의 꺼져 가는 눈이 천류영을 직시했다.

순간, 인다훈은 천류영이 절대고수가 아님을 간파했다.

어떻게 검강을 구사했는지는 모르겠으나, 절대고수라면 이렇게 치밀한 계산 하에 움직이지 않았을 것이다. 압도적인 힘과 초식으로 제압하지. 아까 자신이 뒤로 미끄러졌을 때 곧바로 달려들었을 테고.

천류영이 검을 빼내자 그의 가슴에서 핏줄기가 팟팟, 튀어나왔다.

인다훈의 입에서 비명이 고함처럼 터져 나왔다.

"으으으으으!"

동시에 그의 철봉이 천류영의 머리를 향했다. 죽는 순간, 남은 힘을 그 공격에 모두 쏟아 부었다.

하지만 심장이 꿰뚫린 그가 휘두른 철봉은 느리고 약했다.

털썩.

인다훈의 무릎이 꺾였다. 그의 철봉도 멈췄다. 이윽고 그의 신형이 앞으로 엎어졌다.

동시에 주변에서 거대한 함성이 일어났다.

"우와아아아아아아!"

"사령관께서 에두의 장군을 잡으셨다!"

"검강을 쓰셨다! 우리 사령관께서 검강을 쓰셨다고! 절대고수다아아아!"

함성과 외침이 난무했다.

싸움에 참여하지 못한, 발목 다친 장정은 어느새 쉰 목소리로 윽박질렀다.

"군신이시다! 이 새끼들아! 다 덤벼라!"

흥분한 그는 마치 자신이 싸우고 있는 것마냥 들고 있는 검을 마구잡이로 허공을 향해 휘둘렀다.

천류영은 한순간 폭발하는 낯간지러운 고함들에 멋쩍은 미소를 머금었다.

검강? 절대고수? 군신?

이 무슨 말도 안 되는 말인가!

진짜 절대고수가 자신을 본다면 기가 막혀 하품할 말이다.

또한 에두의 장군을 잡은 건 운이 따른 것이다. 실제 인다훈이 꺾인 결정적인 이유는 우공평의 창 때문이었으니까.

그러나 천류영은 수하들의 그런 반응을 굳이 만류하지 않았다.

어쨌든 사기가 충천해질 일이니까. 반대로 여진족의 사기는 곤두박질칠 테고.

아니나 다를까.

마침내 전선의 끄트머리에서 항전하던 여진 전사들 중에서 탈주자들이 일부 생겨났다.

그러자 아군의 함성은 더욱 거세졌고, 모두가 환호하며 창검을 휘둘렀다.

그리고 이러한 변화는 낭왕과 무두르의 대결에도 영향을 미쳤다. 초조함 속에서 실낱같은 희망을 부여잡고 싸우던 무두르. 그에게 인다훈이 죽었다는 고함은 청천벽력과 같았다.

그것도 천류영의 손에 죽었다니!

순간, 무두르의 머릿속에 떠오른 건 천하상회였다.

놈들이 자신에게 건네준 천류영에 관한 정보.

'아아아, 속았구나!'

인다훈을 죽인 천류영이 이 년 전까지 쟁자수였다는 정보는 거짓임이 분명했다. 즉, 천하상회는 이제 자신을 버린 것이다.

파앗, 스각.

"큭!"

무두르가 신음을 흘리며 뒤로 주춤 물러섰다. 가슴이 옅게 베였다. 옷의 찢어진 부위가 피로 물들었다.

낭왕이 박도를 앞으로 찔러 넣으며 외쳤다.

"무두르! 이제 끝내자!"

파아아앗!

무수한 검기가 폭풍처럼 무두르를 덮쳤다. 무두르는 어금니를 깨물며 도끼를 휘둘렀다.

퍼퍼퍼퍼퍼어엉! 쩡!

기운들이 충돌하며 터지고, 박도와 도끼가 부딪쳤다.

마음의 평정이 깨진 무두르가 계속 밀려났다.

그때였다.

무두르까지 위급해지자 여진족의 전사 한 명이 힘껏 활시위를 당겨 낭왕을 노렸다.

마침 인다훈을 제압하고 전황을 다시 파악하던 천류영의 눈에 그가 들어왔다. 천류영이 대경해 빽! 소리 질렀다.

"나, 낭왕! 조심하십시오! 화살이⋯⋯."

그의 외침이 끝나기도 전에 화살이 활을 떠났다.

티앙, 쇄애애애액!

무두르를 정신없이 몰아붙이던 낭왕을 향해 짓쳐 드는 화살. 천류영의 얼굴이 백짓장처럼 하얗게 질려갔다.

파악!

낭왕이 가슴에 화살을 맞으며 뒤로 붕 뜨는 모습이 천류영의 눈에 들어왔다. 낭왕의 '으윽!' 하는 단말마가 허공을 두드렸고, 기회를 놓칠세라 낭왕을 향해 달려드는 무두르가 고함을 질렀다.

"죽어라!"

천류영이 앞으로 힘껏 발을 내디디며 외쳤다.

"방 대협!"

하지만 낭왕과 싸우던 무두르가 훨씬 빨랐다. 그는 낭왕이 바닥에 떨어지는 순간, 이미 바로 옆에 다다랐다.

"어차피 전장에서 화살이란……."

그의 말마따나 전장에서 화살은 언제 어디서 날아올지 모르는 법이다. 인다훈마저 죽고 몰리는 상황에서 상대의 최고수를 최대한 빨리 죽이는 것은 매우 중요한 일이었다.

하지만…… 무두르는 말을 끝맺지 못했다. 도끼를 휘두르는 그의 눈동자가 거칠게 흔들렸다.

자신의 얼굴로 파고드는 화살.

파앗, 파직!

"크아아!"

그의 눈에 화살이 박혔다.

그 화살은 다름 아닌 낭왕이 던진 것이었다. 즉, 낭왕은 가슴에 닿기 직전에 화살을 잡았다. 그러나 맞은 것처럼 몸을 뒤로 띄우며 사람들을 속인 것이었다.

하얗게 질린 천류영이 허탈한 표정으로 가던 걸음을 멈추며 피식 웃고 말았다. 하긴 괜히 실전의 달인이 아니지.

낭왕은 몸을 일으키며 싸늘하게 말했다.

"비겁하게 나오면 똑같이 해주는 게 내 방식이라서 말이지."

쇄애애액.

박도가 무두르를 덮쳤다.

쩡!

무두르는 눈 하나를 잃고 비틀거리는 상태에서도 도끼로 박도를 막았다. 하지만 연격으로 들어오는 낭왕의 왼주먹은 피하지 못했다.

콰직!

무두르의 뺨이 홱 돌아갔으나 빠르게 뒤로 물러났다. 하지만 낭왕이 바로 따라붙었다.

쇄애액. 쩡!

다시 박도를 막아내는 도끼.

그러나 낭왕의 발이 그의 아랫배를 찍었다.

퍼억!

"크윽!"

무두르가 뒤로 나동그라졌다가 벌떡 일어나서는 쇄도하는 박도를 막았다.

쩌엉! 쨍쨍, 쨍쨍쨍, 서걱.

무두르의 왼손이 날아갔다.

낭왕이 또다시 칼을 휘두르다 주먹을 꽂아 넣으려는 모습에 무두르의 왼손이 이를 막으려다 당한 것이다.

"으으으으."

무두르가 다시 뒷걸음질 쳤다.

피가 눈에서 철철 흐르고, 왼 손목에서는 콸콸 쏟아졌다.

낭왕이 차갑게 외쳤다. 협곡 안에 있는 모두가 들을 만큼 큰 목소리로!

"무두르! 항복하겠는가!"

그의 고함에 전투가 멈췄다.

별동대와 에두가 서로 경계하며 거리를 벌렸다. 그리고 일제히 낭왕과 무두르를 보았다.

그리고 그 둘의 모습에 모두가 직감했다.

싸움은 끝났다는 것을.

별동대는 상기된 표정을 지었고, 에두는 고개를 떨궜다.

한편, 물러나던 무두르는 낭왕의 고함에 멈춰 섰다. 이를 악물고 몸을 부르르 떨었다. 그러고는 하나 남은 눈으로 낭왕을 쏘아보다가 피식 웃었다.

"크크큭, 항복하라고?"

그는 낭왕에게서 시선을 떼고 고개를 돌렸다. 그러고는
천천히 주변을 훑었다.

자신을 바라보는 여진의 전사들. 그들의 참담한 눈빛과
절망스러운 표정을 보니 가슴이 찢어질 듯했다.

도망가라고 외치고 싶지만, 이들 중 상당수는 그 명을
따르지 않을 것이다. 자신이 살아 있는 한.

그리고 무두르의 눈이 천류영에게서 멈췄다.

무두르는 천류영을 향해 말했다.

"그대, 천류영 사령관이여."

천류영은 대꾸 없이 묵묵히 무두르를 마주 보았다. 계
속 피를 쏟아내는 무두르가 핼쑥해진 안색으로 이어 외쳤
다.

"그대에게 경의를 표한다!"

"……."

"하지만 여진의 대족장에게 항복이란 없다! 명예로운
죽음만 있을 뿐!"

말이 끝나기 무섭게 무두르가 몸을 날렸다.

남은 내공과 힘을 모조리 쏟아 천류영에게 짓쳐 들었
다.

갑작스러운 기습에 별동대의 많은 이들이 헛바람을 들

이켰다. 위험하니 피하라 외쳤다.

그러나 천류영은 쇄도하는 무두르를 보며 쓴웃음을 깨물었다. 지금 무두르가 보이는 모습은 최후의 발악 같은 것이 아니었다.

적의 최고 수장에게 죽는 최소한의 영광.

그의 하나 남은 눈이 천류영에게 많은 것을 말했다.

우공평과 침지가 천류영의 앞을 막아섰다. 그러나 천류영이 그들 앞으로 나서며 말했다.

"제가 상대해야 합니다."

천류영은 자신의 얼굴에 떨어지는 도끼를 힘껏 받아쳤다.

쩌엉!

천류영은 보았다.

충돌 직후 열리는 무두르의 가슴을.

스스로 가슴을 연 것이다. 승부를 질질 끌며 한심한 모습을 보이지 않겠다는 의미.

천류영의 무애검이 그의 가슴을 찔렀다. 그와 동시에 무두르의 머리가 몸에서 분리되어 허공을 날았다.

뒤따라온 낭왕이 뒤에서 무두르의 목을 벤 것이다.

낭왕은 이미 심장을 관통당한 것을 보고는 말했다.

"쩝, 나는 헛힘 쓴 거군."

그 모습에 별동대가 함성을 질렀고, 에두가 뿔뿔이 흩

어져 도망가기 시작했다.

공손빈 상장군이 천류영에게 다가오며 물었다.

"적을 쫓습니까?"

질문을 던지는 그의 눈에는 존경의 빛이 철철 넘쳤다. 목궤 안에서 나온 오운진이란 쪽지. 그걸 보고 얼마나 기함했던가.

그리고 그제야 왜 천류영이 일곱 부대 중 가장 나중에 떠났는지 깨달았다. 설사 무두르가 천하상회와 내통하지 않더라도 자신을 쫓아오게 만들려는 심산이었던 것이다. 당시 패퇴해 흩어졌던 여진족 중 숨어서 천류영이 어느 부대와 어디로 움직이는지 알려주는 자가 있었을 테니까.

천류영은 고개를 절레절레 저으며 답했다.

"사흘간 잠도 못 잤습니다. 이제 손가락 까딱할 힘도 없어요."

"허허허, 사령관은 쉬십시오. 남은 건 우리가……."

천류영이 그의 말허리를 끊었다.

"그냥 두시지요."

그는 눈 위에 있는 무두르의 수급을 보며 말을 이었다.

"이자는 제 목숨을 스스로 끊은 겁니다. 자신이 빨리 죽어야 수하들도 도망칠 수 있다는 것을 안 거지요."

"……."

"제 목숨을 끊는 영광을 사령관인 나에게 줄 테니, 수하들은 쫓지 말아달라고 부탁한 겁니다."

천류영이 공손빈과 주변 이들을 보며 싱긋 웃고 말을 이었다.

"전쟁은 끝났습니다. 추격전도. 이제 돌아가야지요."

협곡 안을 울리는 함성이 좀처럼 멈추지 않았다.

＊　　　　＊　　　　＊

심양.

이청 대원수는 앞에 펼쳐진 설원을 바라보았다.

그의 좌우로 사마유 군사와 여러 장군들이 늘어서 있고, 뒤로는 이십만 대군이 도열해 있었다.

천공 높이 떠 있는 태양이 내리쬐는 정오.

중원은 춘삼월이라 슬슬 꽃망울을 터뜨리고 있지만, 이곳은 여전히 맹추위가 극성을 부리고 있었다.

하지만 이곳에 있는 어느 누구도 추위를 불평하는 이가 없었다.

모두의 표정은 붉게 상기되어 있었다.

추위 때문이 아니라 전쟁 영웅을 만난다는 기쁨으로.

이청이 눈을 홉뜨고 나직하게 말했다.

"오는가?"

이백여 장 거리에 있는 작은 구릉.

그 구릉 위로 일단의 사람들이 모습을 드러냈다.

그리고 점차 사람들의 숫자가 많아졌다.

총 사천여 명.

이청의 눈에 습기가 차올랐다.

별동대 오천 명 중 한 명이라도 살아서 돌아올 수 있을까 노심초사하던 작전이었다. 그런데 무려 사천여 명이 살아서 복귀하고 있었다.

사마유가 살짝 진저리를 치더니 웃었다.

"하하하, 미리 연통을 받았지만, 저 많은 인원이 정말 살아서 돌아옵니다. 이 모든 게 대원수의 홍복입니다."

이청이 웃는 얼굴로 고개를 끄덕였다.

"그래, 내 홍복이지. 군신 천류영을 얻었으니."

사마유가 고개를 끄덕였다.

"예, 그렇지요."

군신(軍神).

천류영이 작전을 성공시키고 돌아온다는 소식이 북로동정군에 알려지자 몇몇 이들이 그를 가리켜 군신이라고 불렀다.

그것을 들은 이청이 '맞다. 이 지긋지긋한 전쟁을 고작 오천 명의 병력으로 끝낸 천류영이 군신이 아니면 어느 누가 군신이라 불릴 수 있겠는가. 옳구나, 옳아'라고 말했고, 그 얘기가 군영에 쫙 퍼졌다.

그렇게 천류영은 북로동정군에서 군신이라 불리고 있었다.

천류영 일행이 점차 다가왔다. 그러자 사마유가 이청의 뒤로 빠져 도열해 있는 수하들에게 외쳤다.

"군신 천류영과 전쟁 영웅들을 맞이하라!"

이십만 대군이 들고 있는 창으로 땅을 찍기 시작했다.

쿵! 쿵! 쿵! 쿵! 쿵!

무려 이십만 명이 동시에 창을 찍으니, 그 소리가 장엄하기 그지없었다.

마침내 선두의 천류영이 이청 대원수 앞에 마주했다. 그의 좌우로 공손빈 상장군과 낭왕 방야철이 섰고, 뒤로 이열엔 우공평과 천인장, 오백장들이 도열했다.

이십만 대군이 그들을 보며 창을 멈췄다.

천류영이 이청에게 군례를 하고 입을 열었다.

"사령관 천류영, 공손빈 상장군이 이끄는 별동대와 함께 작전을 성공하고 돌아왔습니다. 총원 오천열다섯 중에서 사망 일천일백 명, 부상 육백오십이 명……."

이청이 천류영의 보고를 끊었다.

"그만, 세세한 건 나중에 듣지. 그보다 먼저……."

그러면서 앞으로 나아가 천류영을 안았다.

"어디, 우리 군신을 좀 안아보자고."

"예?"

"고맙네, 고마워. 내가 말년에 무슨 복이 있어서 자네를 다시 만났을까? 허허허."

천류영이 계면쩍어 하는 가운데, 공손빈 상장군과 낭왕이 서로 마주 보며 웃었다.

이청이 천류영과의 포옹을 풀고는 엄숙한 표정을 지었다.

"군신 천류영."

"구, 군신이라니요? 그런 말은 받잡기 민망합니다."

"소원이 있네."

"……?"

"군부에 투신해 주게. 자네만 있다면……."

천류영이 손사래를 치며 뒤로 물러났다.

"아, 안 됩니다. 저는 무림으로 돌아가야 합니다. 그리고 이미 이 얘기는 예전에 끝낸 것 아닙니까? 이번 일에 한해서만……."

"허허, 거참. 알았네, 알았어."

이청이 아쉬움이 가득한 얼굴로 천류영의 어깨를 툭툭, 치고는 앞으로 나섰다. 그리고는 자신을 바라보는 별동대를 향해 양팔을 벌렸다.

"고생했다, 북로동정군의 영웅들이여! 그대들을 위해서 특진과 많은 보상을 준비해 두었다. 그러나 오늘은 모든 걸 잊고 진탕 마시고 취하자!"

별동대가 창검을 들고 환호했다.

"와아아아아아아!"

이십만 대군도 덩달아 함성을 질렀다.

"우와아아아아아!"

환호하는 이십만 대군 사이로 천류영 일행이 들어섰다. 천류영은 자신을 보며 군신이라 외치는 이들을 보며 쓰게 웃다가 곁에서 걷는 이청에게 물었다.

"대원수, 천하상회는?"

이청이 빙그레 웃으며 답했다.

"태감이 동창을 움직였을 거네. 흐음, 아마 지금쯤이면…… 천하상회의 총타를 들이닥쳤을 게야."

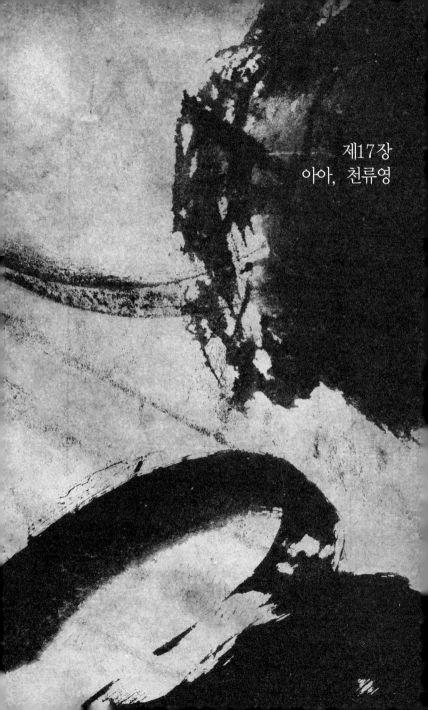

제17장
아아, 천류영

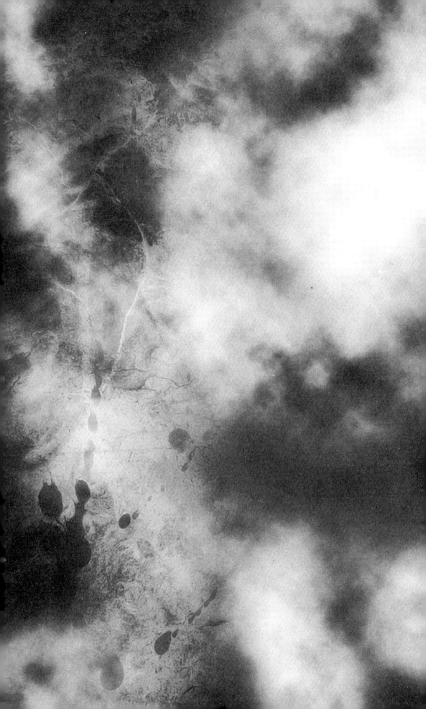

1

낙양에서 가장 크고 화려한 곳이 어딜까?

수많은 나라가 낙양을 수도로 삼았던 만큼 고궁을 떠올리는 사람들이 많을 것이다.

하지만 낙양에 와본 사람은 안다.

정답은 천하상회의 총타라는 걸.

총타의 정확한 위치는 낙양성에서 십 리 떨어진 곳에 자리하고 있었다.

대륙의 재화 중 사 할을 가지고 있다는 천하상회의 총타답게 무려 오백여 개의 전각군이 마치 하나의 도시를 연상케 할 정도로 번화했다.

하루에 들어오고 나가는 사람들이 수만 명에 이른다는 곳.

그곳에 범상치 않은 기도를 가진 일백여 무인들이 말을 타고 모습을 드러냈다.

모두 고급 흑의를 입고 있는데, 가슴팍에 황금 수실로 '동창'이라는 글자가 박혀 있었다.

선두에서 백마를 타고 있는 노인이 말의 속도를 줄이면서 눈가를 찌푸렸다.

멀리서부터 검은 연기가 하늘로 올라가는 것이 보였는데, 이제 보니 그 연기의 진원지가 천하상회 총타의 내부였기 때문이다.

오백여 전각들이 몰려 있는 총타로 들어가는 너른 입구에는 문이 없었다. 그곳은 들어가고 나오는 마차와 수레들이 줄지어 있었고, 사람들도 많아 인산인해였다.

얼핏 보면 저래서야 도둑들이 마음대로 들락날락거릴 수 있겠다는 생각마저 들었다. 하지만 아는 사람은 안다.

천하상회의 호위무사들이 곳곳에서 감시의 눈을 번뜩이고 있음을. 그리고 이곳에 있는 호위무사들은 어지간한 무림 문파의 고수들 못지않은 최정예라는 것을.

일백의 동창 무사들은 줄지어 있는 마차와 수레 옆으로 말을 몰았다. 그들을 본 이들 중 일부가 어디서 새치기를 하려느냐고 따지려다가 몸을 움츠렸다.

그들의 가슴팍에 새겨진 동창이라는 글자 때문에.

나는 새도 떨어트린다는 동창에 잘못 보였다가는 쥐도 새도 모르게 잡혀가 죽는다는 말이 있으니, 그런 반응이 나올 만도 했다.

동창의 선두에 있는 노인이 입구에 가까워졌을 때, 안쪽에서 가벼운 소란이 일더니 중년 사내가 호위무사들과 함께 밖으로 나왔다.

그 중년인은 동창의 노인을 보고는 입을 열었다.

"아니, 부제독께서 여기까지 웬일이십니까?"

부제독이라 불린 동창의 노인.

그는 침음을 삼키며 반문했다.

"우리가 오는지 어찌 알고 마중 나오셨소, 소(小)회주?"

"아, 몰랐습니다. 저는 그저 말을 탄 일백여 명이 이곳으로 오고 있다는 보고를 받고 뛰어나왔을 뿐입니다."

딱히 딴죽을 걸 수 없었다.

소회주의 말마따나 일백여 명이 말을 타고 오는 모습을 보면 급히 보고가 상달될 수 있으니까. 실력 괜찮은 호위무사 중 누군가가 보았다면 자신들의 모습은 분명 예사롭지 않게 느껴졌을 것이다.

"흐음, 그런 것치고는 꽤 빨리 나오셨소."

"그렇습니까? 자자, 어서 들어오시지요. 지금 안이 번

잡해 말은 저 옆에 있는 마구간에 맡겨두시는 게 좋겠습니다."

부제독은 수하들과 말에서 내려 소회주를 따라 총타 안으로 들어갔다. 그렇게 걷다 보니 과연 소회주의 말처럼 내부가 꽤 부산스러워 보이고, 매캐한 냄새가 코를 찔렀다.

"무슨 일이 있었소?"

부제독의 물음에 소회주가 한숨을 내쉬었다.

"후우우, 그게 글쎄…… 총회각(總會閣)에 불이 났지 뭡니까?"

"……!"

부제독은 대꾸도 못하고 눈을 치켜떴다. 자신이 이곳에 기습 방문한 이유는 바로 총회각을 압수수색하려는 것이었다.

총회각은 십이층 전각으로, 천하상회의 기밀문서부터 시작해 각종 문서를 모아두는 곳.

부제독은 걸음을 멈추고 소회주를 노려보았다. 그러자 소회주가 의아한 표정을 지었다.

"부제독, 왜 갑자기 그런 표정을 지으시는 겁니까? 흡사 무슨 죄인이라도 보듯이 하십니다."

"총회각이 왜 갑자기 화재에……."

소회주가 부제독의 말을 끊었다.

"이유야 모르지요. 두 시진 전에 갑자기 총회각 곳곳에서 불길이 치솟는데, 후우우…… 방화범을 잡기만 하면 그놈을 가만두지 않을 겁니다."

"……."

"그곳에 있는 문서들이 다 타버려서 비상이 걸렸습니다. 추정되는 손실이 이만저만이 아니에요. 아무리 피해를 적게 잡아도 이삼 년 치가 될 텐데……."

소회주가 괴로운 낯빛으로 잇달아 한숨을 내쉬었다.

부제독이 입술을 깨물었다가 입을 열었다.

"문서들이 다 타버렸다는 말은……."

"예. 총회각이 완전히 전소됐습니다. 하나도 남지 않고 다 타버렸습니다."

"지금 그걸 나보고 믿으라는 겁니까? 그곳에 있는 사람들이 얼마고, 주변에 경계 서는 무사들이 얼만데…… 한밤중도 아닌 대낮에 총회각이 전소하는 동안 대체 뭘 한 겁니까? 말도 안 되지 않습니까?"

부제독이 버럭 성을 내자 소회주가 미간을 찌푸렸다.

"무능한 책임자들을 모두 징계할 거니, 부제독까지 나서서 부채질하지 마십시오. 그러지 않아도 저 역시 기가 막혀 미칠 지경이니 말입니다."

"아니, 그래도……."

갑자기 소회주의 표정이 차가워졌다.

"부제독, 제가 방금 한 말을 귓등으로 들으신 겁니까? 우린 이번 화재로 천문학적인 피해를 입게 생겼어요. 그런데 위로해 주지는 못할망정 지금 이게 뭐하는 겁니까?"

부제독은 입술을 꾹 깨물고 소회주를 노려보다가 입을 열었다.

"회주님을 뵈어야겠소."

소회주가 난감한 표정으로 어깨를 으쓱거렸다.

"그게…… 총회각이 불타 버린 충격 때문에 쓰러지셨습니다."

"……."

"의식을 완전히 잃으셨는데, 걱정입니다. 부제독도 아시겠지만, 저희 아버지께선 시시콜콜한 일까지 손수 다 챙기시는 분인데……."

"……."

"상회 일에 대해선 거의 모르는 제가 앞으로 이곳을 이끌어가야 하니, 후우우…… 한숨만 나옵니다."

부제독은 속으로 이를 갈았다.

그렇게 비밀리에 움직였는데도 자신들의 행보가 새어 나간 것이다. 하긴 황궁에 이자들의 돈을 받지 않은 자들이 얼마나 될까.

하지만 이렇게까지 뻔뻔하게 나올 줄이야.

부제독은 소회주를 노려보며 이 조사가 순탄치 않을 것

임을 직감했다.

"어쨌든 나는 회주님을 뵈어야 하오. 제독 어르신의 말씀도 전해야 하고……."

소회주가 혀를 끌끌, 차고는 말을 끊었다.

"부제독, 방금 제가 드린 말씀을 또 대충 들으신 겁니까? 의식을 완전히 잃으셨다고 했잖습니까."

"음, 그럼 언제쯤이면……."

"의원 말로는 시기를 알 수 없답니다. 매우 위독한 상태라 작은 충격에도 자칫 잘못될 수도 있다는군요. 그나저나 태감께서 저희 아버지께 전달하라는 말씀은 뭡니까? 어찌됐든 당분간은 제가 이곳을 끌어가야 하니, 저에게 얘기해 주시면 참고하겠습니다. 물론 아버지께서 깨어나시면 바로 보고드릴 테고 말입니다."

부제독은 한참을 침묵하다가 입을 열었다. 아주 나직한 목소리로.

"태감께서는 비원을 탈퇴하고, 향후……."

"잠깐만요. 비원이 뭡니까?"

소회주의 물음에 부제독은 다시 입술을 깨물었다. 소회주가 다시 물었다.

"비원이 뭐지요?"

부제독은 고개를 절레절레 젓다가 눈을 빛냈다.

"황(黃) 총행수를 불러오시오."

황 총행수는 회주의 최측근이며, 삼십 년을 옆에서 보필한 자였다.

소회주의 얼굴이 다시 안타까움과 슬픔으로 젖었다.

"총회각 안에 계시다가 그만 봉변을 당하셨습니다."

"……."

"그 아저씨라도 계시면 저에게 많은 도움을 주실 수 있었을 텐데. 후우우, 정말 막막합니다. 이러다 내 대에서 상회가 문 닫는 건 아닌지……. 부제독께서 태감 어르신께 잘 말씀드려서 저희 좀 많이 도와주십시오. 저희가 무너지면 나라도 어려워지고, 백성들 삶도 궁핍해질 것 아닙니까? 상부상조해야지요."

*　　　　*　　　　*

빛이라고는 찾아볼 수 없는 어둠 속 밀실.

한 사내가 벽에 기대앉은 채 손가락으로 돌 탁자를 톡톡, 두드렸다.

백발에 어린아이처럼 팽팽한 피부를 가진 그는 뭔가 짜증스럽다는 표정이었다.

그리고 그 사내 앞으로 한 인영이 부복한 채 지시를 기다리고 있었다.

톡, 톡, 톡, 톡…….

질식할 것만 같은 정적 위로 탁자를 튕기는 소리만이 한참을 울렸다.

그리고 한순간, 백발사내가 천천히 한숨을 내쉬며 손가락 튕기기를 멈췄다.

그는 낮고 무거운 음성으로 말했다.

"세상일이란 것이 늘 계획대로 진행되진 않지."

부복한 사내는 꼼짝도 하지 않은 채 가타부타 말없이 경청했다.

"예상 못한 변수란 게 있어서 이 지겹고 권태로운 삶이 재밌는 법이고."

"……."

"그런데 너무 많으니 이게 은근히 성가시고 짜증스럽단 말이야. 천마검의 부활과 마신지경 등극, 무상 손거문도 절대고수를 넘어 사신(邪神)지경에 가까워졌다지?"

"……."

"삼백 년 동안 살면서도 그런 경지에 오른 놈들을 본 적이 없으니, 수준을 알 수가 없단 말이야. 걱정까지는 아닌데, 묘하게 신경을 긁는다고 할까?"

"……."

"상황이 이런데 네 무능한 수하는 고작 검봉이라는 계집애 하나 잡아오는 것도 실패하고."

부복한 사내, 흑야주가 이마로 바닥을 쿵, 찧었다.

"죄송합니다."

"변명은 됐고, 대체 왜 그렇게 사소한 일까지 실패했는지 제대로 된 대답을 해보란 말이야."

흑야주가 이마를 바닥에서 떼고 답했다.

"검봉 옆에 있는 풍운이 절대고수라 추정됩니다."

잠깐 정적이 흘렀다. 그러더니 이내 사내가 웃음을 터트렸다.

"하하하, 그 애송이 나이가 몇이라고 했지?"

"이제…… 스물둘입니다."

"……."

"그런데 절대고수라고?"

"필멸조 중 한 명이 땅에 그렇게 써놓고 제 몸으로 가린 채 죽어 있었습니다."

흑야주의 대답을 들은 사내는 다시 침묵했다. 그러다가 짜증스러운 음성으로 말했다.

"뭐, 그렇다고 치지. 난세엔 원래 괴물들이 많이 등장하는 법이니까. 결국 다 쓸어버리면 되는 거고."

그는 그렇게 말하다가 투덜거렸다.

"제길, 기가 막히는군. 본좌가 절대지경에 오를 때까지 걸린 세월이 백이십 년이다. 그런데 겨우 스물둘에? 참나, 형만 절대일 거다. 그놈은 가짜야."

말은 그렇게 하지만, 얼굴엔 질투심이 역력했다. 진짜

절대고수가 아니더라도 약관을 약간 넘긴 나이에 그런 경지에 올랐다는 것이.

"……."

"어쨌든 그 많은 변수 중에서 무림서생이 제일 거슬린단 말이지. 제일 하찮은 놈이었는데…… 그놈이 지금 비원을 깨고, 더 나아가 천하상회까지 움직이지 못하게 만들었어. 하하하, 정말이지, 이게 말이 되나? 일개 서생…… 아니, 천한 짐꾼이지. 그런 놈에게 천하가 휘둘리고 있단 말이야. 하하하."

흑야주가 고개를 조아리며 입을 열었다.

"무림서생은…… 살아서 중원 땅을 밟지 못합니다."

사내가 조소하는 표정으로 말을 받았다.

"검봉 건처럼 또 실패하면 너는 죽어."

"그럴 일은 결코 없을 겁니다."

자신만만한 흑야주의 말에 사내가 눈을 가늘게 떴다.

"신중한 네가 그렇게 호언장담하는 건 아주 오랜만이군. 늘 최선을 다하겠습니다, 이 정도였는데 말이지."

고개를 숙인 흑야주의 눈동자가 흔들렸다.

사내는 엎드린 그를 뚫어지게 보다가 말했다.

"취존(醉尊)이 나섰나?"

취존.

그건 이 사내가 이존(二尊)을 부르는 애칭이었다.

"그게……."

흑야주가 몸을 떨면서 제대로 대꾸하지 못했다. 그러자 사내의 손이 허공을 갈랐다.

휘익.

가벼운 손바람 소리가 일었다. 그러나 그 바람과 함께 흘러나온 무형지기가 흑야주를 던져 버렸다.

쿠웅.

벽에 부딪쳤다가 바닥에 떨어진 흑야주가 입가로 피를 흘리면서 다시 엎드렸다.

"죄송합니다. 아무에게도 말하지 말라고 하셔서."

"그게 본좌라도 말인가?"

취존은 바로 앞에 있는 일존과 가까우면서도 간섭받는 것을 매우 싫어했다.

그 이유는 단순했다.

일존은 말이 너무 많다는 것. 그런데도 취존이 일존과 어울리는 이유 역시 단순했다. 취존의 칼을 제대로 받아 낼 수 있는 유일한 상대니까.

흑야주가 침묵하자 일존이 구시렁거렸다.

"하여간 취존, 이놈은 내 말을 영 안 듣는다니까. 패왕의 별이 되려면 마지막에 멋지게 등장해 모두를 쓸어버려야 하거늘."

그는 혼자 중얼거리다가 엎드려 있는 흑야주에게 물

었다.

"너는 누구 편이냐?"

흑야주는 한숨을 삼켰다.

일존이 종종 자신에게 건네는 물음이다.

이 질문인즉, 자신과 취존 중에 누가 패왕의 별이 될 것 같으냐는 것이다.

일존과 취존은 오래전 약속을 했다.

패왕의 별을 걸고 모든 군웅이 싸우고, 그 마지막에 남게 될 영웅은 보나마나 자신과 취존일 것이다. 그러니 그 마지막에 승부를 해서 이기는 자가 패왕의 별이 되고, 패배한 쪽을 중용해 주기로.

그전까지는 서로 진심으로 충돌하지 않기로 맹세했다. 자칫 동귀어진할 수 있으니 말이다.

얼핏 들으면 매우 가볍게 들리는 약속이고 맹세다. 하지만 이 둘의 실력을 아는 흑야주는 그들의 다짐이야말로 세상에서 가장 무거운 것이라 생각했다.

각설하고 흑야주는 취존을 마음속으로 응원했다.

취존은 영웅의 풍모를 갖춘 반면, 일존은 잔망스러웠으니까. 애초에 이런 질문을 수하에게 던지는 일존의 성격 자체가 패왕의 별과는 어울리지 않는다고 흑야주는 생각했다.

그러나 입 밖으로 나오는 대답은 달랐다.

"당연히 일존이십니다."

어쨌든 살아야 하니까.

＊　　　　　＊　　　　　＊

대련 항구는 많은 사람들로 북적였다. 그들은 공손빈 장군 이하 별동대들 중 일부로, 곧 배를 타고 항주로 떠날 천류영을 환송하기 위해 모여 있었다.

사마유 군사가 웃으며 천류영에게 말했다.

"자네를 결코 잊지 못할 거네. 나중에 기회가 되면 꼭 찾아갈 테니, 밤새워 얘기를 나눠보세."

사마유는 천류영과 많은 얘기를 나누지 못한 것을 무척 아쉬워했다. 그도 어쩔 수 없는 것이, 이청 대원수부터 시작해 천류영을 찾는 사람이 너무 많았기 때문이다. 특히 나 이청 대원수는 이곳까지 올 겨를이 없어서 더욱 천류영을 끼고 살았다.

천류영도 화답했다.

"저 역시 사마 군사님과 둘이서 많은 대화를 나누고 싶었는데, 매우 아쉽습니다. 군사님께 제가 배워야 할 것들이 많은데……."

"예끼, 이 사람아. 다른 사람이 들으면 날 놀리네. 내가 군신에게 배워야지."

주변 사람들이 웃음을 터트렸다. 천류영은 제발 그러지 말라는 표정으로 손사래를 쳤다.

"군신이라는 호칭 좀 부르지 마십시오. 저야말로 사람들이 비웃을 겁니다."

그러자 사마유 뒤에 있던 우공평이 끼어들었다.

"군신 맞네. 내가 인정해."

천류영이 울상으로 항변했다.

"하아, 대주님까지 그러시면 어떻게 합니까?"

"수십 년간 이어오던 전쟁을 끝냈고, 내 목숨을 살렸어. 게다가 나를 전쟁 영웅으로 만들어주었지. 그러니 자네는 내 군신이야. 또한 북로동정군의 군신이지. 암."

모두가 고개를 끄덕이며 환호했다.

사마유도 덩달아 웃다가 정색하고 본론을 꺼냈다.

"나중에 깜짝 선물이 될까 해서 알리지 말까 했는데, 아무리 생각해도 말해두는 게 나을 것 같아서 말이네. 선물이 아니라 부담이 될 수도 있는 노릇이니까."

천류영이 의아한 표정을 짓자 사마유가 어깨를 으쓱거리고 말을 이었다.

"나도 현 강호무림의 정세에 대해서는 어느 정도 알고 있네. 그리고 자네의 포부도."

"……?"

"자네의 꿈을 이루기 위해서는 세력이 필요하지 않겠

나? 그래서 이번 봄에 전역하는 이들 중 무림인들이 있는데…… 그들 중 오백여 명이 자네와 함께하고 싶다고 해서 말이네."

사마유의 뒤에 있던 이들 중 한 명이 번쩍 손을 들었다. 다하금 천인장이다.

"부탁하겠소, 사령관."

그러자 그 옆에 있는 침지도 손을 들었다.

"나도 한 칼 솜씨 한다는 것 알지요?"

곳곳에서 손드는 이들이 나타났다. 천류영은 밝게 웃으며 답했다.

"부족하지만, 저와 함께해 주시면 감사하지요."

그가 선선히 수락하자 여기저기에서 안도의 한숨과 기분 좋은 탄성이 동시에 터져 나왔다. 침지가 외치듯 말했다.

"그럼 나중에 항주에서 뵙겠습니다!"

그러자 천류영 뒤에 있던 방야철이 끼어들었다.

"흐음, 당신들이 언제 올지는 모르겠지만, 사령관이 계속 항주에 머물지는 모르겠소. 앞으로 천하에서 가장 바쁜 사람이 될 테니까."

사마유가 바로 말을 받았다.

"그럴 것 같아서 얘기를 꺼낸 겁니다."

그는 천류영에게 다시 눈길을 보내며 말했다.

"그들에게 어디로 가라고 하면 좋겠나? 항주? 아니면 무림맹 총타가 있는…….."

천류영이 말을 기다릴 필요도 없다는 듯이 말했다.

"절강성의 북서쪽에 있는 간석으로 오라고 하십시오."

"안휘성 밑쪽에 있는 곳 말인가?"

"예, 그곳에 진산표국의 분타가 있습니다."

"응? 표사로 일하란 말인가?"

사마유가 당황스러워하다가 천류영에 관한 보고서를 떠올렸다. 그 보고서에 적혀 있던, 천류영이 진산표국의 실소유주라는 얘기가 떠올랐다.

"예. 당분간은 그곳에서 일 좀 도와주셨으면 좋겠습니다. 일은 많은데 제대로 된 표사들이 부족해서 모두 힘들어하고 있거든요."

다하금이나 침지 등 많은 이들이 맥 빠진 표정을 지었다. 황궁에 들렀다가 합류하기로 한 우공평이 투덜거렸다.

"나도 말인가?"

"예. 먹고살려면 일을 해야 하는 법입니다. 오랫동안 군부 생활에 젖어 계신 분들이 많으니, 그렇게 하면서 강호에 적응하는 것도 나쁘지 않을 겁니다."

사마유는 고개를 끄덕였다. 사실 군부에 오래 근무한 자들은 태생이 무림인이라 해도 무림에 돌아가 적응하는 것이 쉽지 않았다. 하지만 우공평은 불만 어린 기색이 여전했다.

"허어, 나 같은 고급 인력을 고작 표사 따위에……."

"위장입니다."

"응?"

"결정적인 순간 등장해 활약하게 될, 숨겨둔 패라는 겁니다."

"호오! 그런 건가? 과연 군신이군."

불평을 터트리던 우공평뿐만 아니라 모두가 납득한다는 표정을 지었다.

군신인 천류영이 그렇게 말한다면 분명 '뭔가 있는 거다'라고 믿어버리는 것이다.

하지만 방야철은 웃음을 참느라 입술을 깨물어야 했다.

간석에 있는 진산표국이 얼마나 바쁜지, 얼마나 손이 부족한지 잘 알고 있는 그였으니까. 하지만 뭐, 천류영의 그럴듯한 말처럼 그들이 비밀 병기가 될 수도 있는 거니까.

천류영은 환송 나온 일천여 명과 일일이 악수를 나누고 나서 배에 올랐다.

태감이 직접 알선해 준 쾌속 군선이었다. 배의 규모는 작지만, 돛이 세 개나 있어 항주까지 빨리 가려는 천류영에게 딱 맞는 배였다.

*　　　　　*　　　　　*

깊은 밤.

천류영은 갑판에 나와 까만 하늘을 올려다보고 있었다. 언제부터인지 밤이 되면 패왕의 별을 찾는 그였다.

방야철이 술병을 들고 갑판으로 나와 천류영 옆에 섰다. 그는 조용한 밤바다를 보며 말했다.

"이제야 돌아가는 것이 실감나는군. 짧지만 강렬한 경험이었어."

천류영이 빙그레 웃으며 고개를 끄덕이다가 갸웃거리더니, 이내 고개를 저었다.

"낭왕께는 짧았을지 몰라도 저는 매우 길었습니다. 설이를 본 지 반년도 넘었습니다."

"하하하, 그렇군. 내가 실언했네. 길었어, 아주 길었지."

그는 술잔을 건네주며 말을 이었다.

"자네의 특별함을 다시 느꼈고, 자네가 강해지는 모습 보는 것도 즐거웠어."

"저야말로 낭왕께 많이 배웠습니다. 이제야 칼을 어떻게 써야 하는지 어슴푸레하게나마 알 것 같습니다."

방야철은 천류영의 술잔에 술을 따라 주고는 말했다.

"말이 나왔으니 말인데…… 자네, 그 검 말이네. 보통

검이 아닌 건 알고 있네. 하지만…… 그런 요검(妖劍)은 결국 그 끝이 좋지 않네."

천류영은 등에 메고 있는 무애검을 흘낏 보았다가 대꾸했다.

"명검이라고 해주십시오."

방야철은 쓴웃음을 깨물었다가 조용히 술을 마셨다. 결국 천류영이 입을 열었다.

"방 대협, 이 검은……."

"잠깐."

방야철이 굳은 얼굴로 바다 저편을 노려보았다. 천류영이 의아한 얼굴로 검은 바다를 보다가 나직한 탄성을 뱉었다.

"아, 배군요."

그것도 매우 커다란 배였다. 그런데 이상한 건 배에서 어떤 불빛도 흘러나오지 않는다는 점이다.

"이상하군요. 밤에는 보통 불을 환하게 밝혀야……."

방야철이 천류영의 말을 끊었다.

"군선일세. 그런데 왜 저렇게 소등하고 가만히 있는 거지?"

"이동하는 게 아닙니까?"

방야철은 고개를 끄덕이며 어둠에 잠겨 있는 배를 노려보았다. 천류영은 어릴 때 들은 민담을 떠올리며 중얼거렸다.

"혹시 유령선 아닙니까?"

방야철이 너무 굳은 표정이라 분위기를 풀려고 한 농이었다. 그러나 방야철의 얼굴은 더욱 딱딱하게 굳어갔다. 이윽고 그의 잇새로 신음이 흘러나왔다.

"으음, 대체 저자는 누구이기에?"

뜬금없는 말에 천류영의 얼굴도 굳었다. 그도 최대한 안력을 높이다가 침을 삼켰다.

철썩, 철썩.

배를 두드리는 나직한 파도 소리가 이는 밤바다.

그 바다 위를 한 인영이 걸어오고 있었다. 커다란 군선에서 뛰어내렸을 그는 바다를 마치 평지 걷는 것마냥 걸어왔다.

천류영이 기가 막혀 물었다.

"귀, 귀신입니까?"

"절대고수…… 아니, 전설의 무신지경일 거네. 그러지 않고서야 저건 말이 안 되니까."

2

쾌속 군선을 조종하던 조타수도 바다를 걸어오는 인영을 보고는 자신의 눈을 의심하다가 잘못 본 게 아니란 것을 깨닫고는 빽! 소리 질렀다.

"귀신이다, 귀신이야!"

그가 대경해 고함을 지르며 옆에 걸려 있는 종을 두들겼다.

뎅뎅뎅뎅뎅뎅—

갑판으로 사람들이 일사불란하게 모여들기 시작했다. 해상군(海上軍)인 그들은 해적이 출몰했다 여기고 무장을 하고 있었다.

조타수는 덜덜 떨리는 손가락으로 점점 다가오는 검은 인영을 가리키며 계속 외쳐 댔다.

"바다에 귀신이 있다! 귀신이 이쪽으로 오고 있어!"

병사들의 처음 반응은 어이없다는 것이었다. 그러나 그들도 곧 어두운 바다 위의 검은 그림자를 보았다.

경악.

모두가 손으로 자신의 눈을 비볐다.

그들이 공황에 빠지기 전에 낭왕이 외쳤다.

"귀신이 아니라 사람이오!"

배의 선장이 침을 삼키고 낭왕을 보았다.

"어찌 사람이 바다를 걷는단 말이오?"

바다에서 산전수전 다 겪었다는 선장의 음성도 떨렸다. 그는 낭왕의 답을 듣지도 않고 수하들에게 급히 명을 내렸다.

"활을 쏘아라!"

일단 저 불길한 것이 더 다가오지 못하게 하려는 요량이었다. 원래 뱃사람들은 미신을 잘 믿는다. 그들은 저 해괴한 귀신이 배에 붙으면 횡액(橫厄)이 닥칠 거라 생각한 것이다.

수하들이 허겁지겁 들고 있던 활에 화살을 재기 시작했다.

천류영도 등에 메고 있던 무애검을 뽑아 손에 쥐었다. 불상사가 벌어질 시, 발검의 시간도 아끼기 위함이었다.

팽팽한 긴장감이 흐르는 선상.

이윽고 선장의 명에 따라 삼십여 개의 화살이 쏘아져 나갔다.

그러자 바다 위 그림자, 즉 취존이 수면을 발로 가볍게 툭 치며 허공으로 떠올랐다. 그렇게 삼십여 개의 화살은 취존이 떠난 바다에 박혔다.

선장은 다시 화살을 쏘란 명을 내리지 못했다. 수하들도 그런 엄두를 내지 못했다.

취존이 이제는 바다가 아니라 허공을 걸으며 다가오고 있기 때문이었다. 그리고 그들도 이제는 상대가 사람인 것을 눈으로 확인할 수 있었다.

하얀 비단 장포를 펄럭거리며 나는 듯 걸어오는 그는 꽤나 미남이었다.

마치 여인처럼 윤기가 흐르는 흑발은 황금빛 건(巾)으로 잘 정리되어 있고, 넓은 이마와 부리부리한 눈에서 흘러나오는 강렬한 안광이 인상적이었다.

호리호리한 몸매에 육 척 장신인 그는 옆구리에 검집도 없는 철검을 차고 있고, 왼손엔 호리병이 들려 있었다.

천류영이 그를 주의 깊게 보다가 낭왕에게 말했다.

"제 또래로 보이는데, 반로환동(反老還童)한 거겠지요?"

낭왕이 굳은 얼굴로 고개를 주억거렸다.

선장과 대부분의 수하는 멍한 얼굴로 취존을 보고 있고, 일부는 신선이라며 놀라 엉덩방아를 찧었다.

그리고 마침내 취존이 선수에 발을 디디며 착륙했다. 그는 허공에서부터 사람들을 훑다가 천류영을 보고는 시선을 고정했다.

그가 천류영과 낭왕을 향해 발을 내딛자 선장이 버럭 외쳤다.

"귀, 귀신이냐, 사람이냐! 정체를 밝혀라!"

취존의 얇고 붉은 입술이 열렸다. 하얀 미소가 피어나는 가운데, 무거운 음성이 흘러나왔다.

"조용히."

선장이 어이없어 다시 물으려다가 눈을 부릅떴다.

거대한 무형의 기운이 자신을 옥죄었다.

숨이 턱턱 막혀서 금방이라도 질식사할 것만 같았다.

취존은 선장과 병사들을 가볍게 훑었다. 모두가 몸을 부르르 떨며 입을 쩍 벌리고 있었다.

취존이 미소를 유지하며 부드럽게 말했다.

"방해하지 말도록."

그 말이 끝나자 뻣뻣하게 선 채로 떨고 있던 삼십여 명이 주저앉으며 격한 숨을 내뱉었다. 성정 급한 갑판장이 분위기를 파악하지 못하고 그에게 달려들었다.

"죽어라, 이 요괴야!"

취존의 한쪽 눈이 살짝 찌푸려졌다. 그의 오른손이 들리고, 검지가 달려드는 갑판장을 향했다.

파앙.

그의 손가락 끝에서 시꺼먼 기운이 일렁임과 동시에 작은 구슬 모양의 흑구(黑球)가 폭사했다.

지풍(指風), 아니, 지강(指罡)이었다!

퍽!

장정의 몸이 부르르 떨렸다. 이마 한가운데 구멍이 움푹 파인 그는 비명도 지르지 못하고 즉사했다. 그의 신형이 앞으로 고꾸라지는데, 취존이 팔을 휘둘렀다.

파라라라.

소매가 흔들리며 매서운 바람이 불어 나왔다. 그 바람이 엎어지던 장정을 번쩍 들어 올리더니, 배 밖으로 던져 버렸다.

눈으로 보면서도 믿기지 않는, 압도적인 신위.

배 안에 일체의 소음이 사라졌다.

취존은 선장과 병사들을 천천히 훑고는 방금 지강을 쏘아낸 검지를 입술에 붙이며 말했다.

"쉿! 조용히. 방해하지 말도록."

취존은 잠시 멈춘 걸음을 다시 내디뎠다. 그렇게 그가 천류영과 낭왕의 앞에 섰다.

불과 일 장의 거리.

취존은 천류영을 보면서 미소를 더욱 짙게 했다. 흑야주가 보여주었던 용모파기와 똑같은 외모.

"그대를 보려고 이 망망대해에서 이틀이나 기다렸다."

그는 말을 마치기 무섭게 손에 들고 있던 호리병의 술을 마셨다. 방금 살인을 한 사람치고는 너무나 태평하고 여유로운 모습.

그러나 천류영과 낭왕은 그를 노려보며 입술만 잘근잘근 깨물었다. 느긋하게 술을 마시고 있음에도 전혀 허점이 보이지 않았다.

취존은 호리병을 입에서 떼고는 소매로 입술을 닦다가 '아!' 하는 나직한 탄성을 뱉고 말했다.

"내 소개가 늦었군. 취존이라고 부르면 된다."

천류영의 눈이 빛났다.

"십천백지의 천존?"

"후후후, 역시 눈치가 빠르군. 목소리도 좋고. 마음에 들어."

"……."

"그렇다고 자네가 죽인 십존과 날 같은 격에 놓지는 말아줘. 그런 허접이하고 비교되면 기분이 나빠질 테니까. 후후후."

세상에 어떤 인간이 절대고수를 허접이라고 말할 수 있을까? 천류영은 낭왕의 예상처럼 앞의 취존이 무신지경임을 확신했다.

취존은 시선을 낭왕에게 옮겼다. 낭왕이 박도의 손잡이를 잡고 있는 모습에 취존이 물었다.

"뽑을 텐가?"

낭왕의 이마와 귀밑머리에서 식은땀이 쪼르륵 흘러내렸다. 취존이 어깨를 으쓱하며 재우쳐 물었다.

"내 듣기로 낭왕이 대단한 협객이라고 들었는데. 쯧쯧, 역시 소문은 부풀려지기 마련인가?"

낭왕은 역시 대꾸하지 않았다. 온몸의 신경을 하나하나 곤두세워 취존에 집중했다.

움직이는 건 쉽다.

그러나 단숨에 승부를 내지 못하면 이 배는 난파될 공산이 컸다. 그것이 낭왕으로 하여금 섣불리 움직일 수 없게 만들고 있었다.

'좋지 않아.'

바다에 떠 있는 배라는 조건. 너무 불리한 싸움이다.

낭왕이 침묵을 지키자 천류영이 입을 열었다.

"당신이 그리 말하는 걸 보니, 방금한 살인이 잘못됐다는 것을 자인하는 거군요."

취존의 미간이 움푹 접혔다. 그는 천류영을 뚫어지게 보다가 웃음을 터트렸다.

"하하하! 좋아, 또 마음에 들었어. 정곡을 찌르는 말과 그 배짱이. 하하하하!"

그는 고개까지 젖히며 웃었다. 순간, 낭왕의 눈이 빛났다. 아주 작지만 드러난 허점.

찰칵.

그의 손이 박도를 꺼내려다 멈췄다.

탁.

박도가 불과 일 촌만 밖으로 나왔다가 도로 칼집 안으로 들어갔다.

'속임수다.'

고의적으로 드러낸 허점.

웃음을 멈춘 취존이 낭왕을 직시했다. 그의 눈에 흐릿한 살기가 스쳤다.

"제법이군."

그는 호리병을 들어 보였다. 그러자 낭왕이 살짝 눈살을 찌푸렸다가 자신도 쥐고 있던 호리병을 들었다.

꿀꺽, 꿀꺽.

서로 술을 마셨다.

그런 후, 취존은 천류영을 보았고, 낭왕은 다시 취존을 경계했다.

취존이 천류영에게 말했다.

"이번 북방에서의 싸움은 과했어. 자네 때문에 우리의 원대한 계획이 약간 꼬여 버렸거든. 뭐, 결말이야 변하지 않겠지만……."

"……."

"그곳에서 군신이라 불렸다지? 후후후, 불과 이 년 사이에 대단한 출세야. 표국의 짐꾼에서 무림맹의 분타주까지 오르고, 이제는 군부에서 군신이라 불리다니. 너 같은 이가 또 있을까?"

천류영이 한숨을 삼키고 대꾸했다.

"군신이란 칭호는 구색을 맞추기 위해 대원수께서 고심 끝에 붙인 것이오."

"흐음, 그렇게 생각하나?"

"나를 그 정도로 띄워줘야 수십 년간 북방에서 고생한 장군들이 무능력하다고 비난받지 않을 테니까."

취존의 눈가에 묘한 웃음이 깃들었다.

"고속 출세한 이들에게서 찾아보기 쉬운 자만이 없군. 그것도 마음에 들어. 정말 죽이긴 아까운 인재야. 직접 온 보람이 있군."

침묵을 지키던 낭왕의 굵은 검미가 꿈틀거렸다.

"천 공자를 죽이려면 내 시신부터 밟아야 할 거요."

취존은 도발하는 낭왕을 흘낏 보고 다시 천류영을 직시했다.

"나와 가자."

"내가 왜 당신과 가야 합니까?"

"왜냐하면 너는 그동안 너무 나댔으니까. 널 죽이고 싶어 하는 자들이 한둘이 아냐. 멀리서 찾을 필요도 없이 내가 잘 아는 노괴도 널 노리고 있지. 그 노괴의 손속에서 널 보호해 줄 수 있는 건 세상에 오직 나뿐이야."

천류영이 어이없다는 표정을 지었다.

"그러니까 날 보호하기 위해 납치하겠단 말입니까?"

취존은 다시 술을 마시고는 낮게 웃었다.

"후후후, 자네가 자발적으로 따라오면 납치가 아니지."

"그 무슨 궤변……."

취존이 천류영의 말을 끊었다.

"뭔가 착각하고 있군. 내가 널 이 자리에서 만난 순간부터 너의 운명은 정해진 거다. 약자는 강자를 받드는 것이 세상의 순리. 날 섬겨라. 내가 패왕의 별이 된 후, 너를 일인지하 만인지상(一人之下 萬人之上)으로 중용해주마."

취존이 이곳에 온 이유였다. 그도 천마검이나 손거문처럼 천류영의 가치를 알았다.

수십만 백성이 천류영을 지키기 위해 봉기했다는 것. 그렇게 민심을 얻은 자는 써먹을 곳이 아주 많았다.

천류영이 피식 실소하고 고개를 저었다.

"그렇게 쉽게 사람을 죽이는 당신과 나는 가치관이 전혀 다르다고 생각하는데?"

취존도 실소를 흘렸다.

"너에게 가치관 따위는 필요 없다. 그저 나를 따르고 모시면 되는 거다. 그럼 널 노리는 자들로부터 보호해 주고, 부귀영화를 누리게 해주마."

"싫소."

천류영이 일언지하에 거절하자 취존의 이맛살이 일그러졌다. 그는 혀를 차며 다시 술을 들이켰다.

"뭐, 그 정도 배짱은 용납해 주지. 그것도 나름대로 길들이는 재미가 있을 테니까."

"다시 말하지만, 당신을 따라갈 일은 없소."

"과연 그럴까? 후후후."

웃음이 끝나기 무섭게 취존의 신형에서 무형지기가 쏟아져 나왔다. 그 무형지기는 조금 전 선원들을 옥죄던 것처럼 천류영과 방야철을 휘어 감았다.

천류영은 순간 숨이 턱 막히는 압력에 눈을 부릅떴다. 무애검이 말했다.

[내공을 모조리 끌어 올려라!]

안 그래도 그러고 있던 참이었다. 그리고 무애검이 살짝 진동하며 막대한 기운을 몸 안에 불어넣었다.

퍼엉!

무형지기가 폭음과 함께 사라졌다. 옆을 보니 낭왕은 호신지기를 이미 끌어 올려 무형지기를 젖혀낸 상태였다.

취존이 흥미롭다는 눈빛으로 천류영의 검을 보았다.

"검령(劍靈)이라……. 순진한 말을 내뱉으면서 요검을 가지고 있다니, 아주 재미있군."

그때, 취존을 향해 낭왕이 움직였다.

불과 일 장의 거리.

발도(拔刀).

창!

직격(直擊).

파앗!

취존의 신형이 연기처럼 흔들리며 박도를 피했다. 그런 후, 취존의 손날이 박도의 도신을 후려쳤다.

쩡!

손날로 박도를 후려쳤는데 칼이 부러졌다. 지난 오랜

세월 낭왕과 함께해 온 그 박도가.

그러나 낭왕은 흔들리지 않았다. 옆으로 이동하는 무게 중심을 한 발로 지탱하면서 몸을 빙글 돌렸다.

파라라.

그의 오른발이 취존의 얼굴을 노렸다.

탁.

낭왕의 오른발을 잡아채는 취존. 그러나 낭왕의 공격은 끝이 아니었다. 몸을 더 비틀었다.

퍼억!

낭왕의 왼발이 취존의 안면을 강타했다.

취존이 낮게 신음을 흘렸다.

"으음."

불신의 기색이 역력한 신음이었다.

하지만 취존은 몸이 뒤로 밀려나는 와중에도 잡고 있는 낭왕의 오른발을 놓치지 않았다. 아니, 팔을 크게 휘둘러 옆으로 젖혔다.

파아아아, 콰아아앙!

낭왕의 몸뚱어리가 배의 난간을 부수며 바다 밖으로 튕겨 나갔다.

천류영이 무애검을 들고 달려들었다.

지이이잉.

검이 울며 검강을 일으켰다. 그 광경에 취존이 혀를

찼다.

"정말 요검이군."

혼신을 다한 찌르기. 그러나 취존은 무애검을 가볍게 피하며 허리를 숙이고 주먹을 뻗어 천류영의 배를 강타했다.

콰직!

"큭."

천류영은 창자가 찢어지는 듯한 고통에 입술을 깨물었다. 뒤로 튕겨 나가는 천류영을 취존이 따라잡았다.

타악.

그의 손아귀가 천류영의 목을 움켜쥐었다. 천류영은 정신이 가물거리는 상황에서도 검을 뻗었다.

취존이 '이크!' 하고 놀라며 고개를 옆으로 돌려 검을 피하고는 눈살을 찌푸렸다.

"제법이구나."

말과 동시에 천류영의 목을 쥔 그의 손이 하강했다.

콰앙!

천류영의 등이 갑판과 충돌했고, 바닥의 나무가 산산조각 났다.

휘익.

천류영이 다시 검을 찔러 들어왔다. 그러나 취존은 맨손으로 그 칼을 잡아채더니, 옆으로 던져 버리고 고개를 저었다.

"네 실력으로 날 찌르려면 천 년은 더 걸려야 할 거다."

쇄애액. 콰직!

취존의 주먹이 천류영의 얼굴을 찍었다.

"크억!"

천류영의 신형이 작살 맞은 물고기처럼 퍼덕거렸다. 취존은 싸늘한 눈빛으로 천류영의 눈동자를 보다가 다시 혀를 찼다.

"아직 눈빛이 살아 있군. 정말 길들이는 재미가 있겠어."

그의 주먹이 천류영의 가슴을 때렸다.

퍽, 퍽퍽퍽퍽퍽!

"커흑!"

티티티이이이잉, 쇄애애애액.

배 위에서 숨죽이고 있던 병사들이 마침내 화살을 쏘았다. 천류영은 반드시 지켜야 하는 귀인이니까.

취존이 히죽 웃으며 팔을 휘둘렀다. 그러자 날아오던 화살들이 제멋대로 방향을 바꿔 허공으로 이동하다가 맥없이 바다에 떨어졌다.

취존은 천류영을 팽개치고 병사들을 향해 달려들었다.

"뭐, 그렇게 서둘러 죽고 싶다면야."

그의 양손이 어지럽게 흔들렸다. 그러자 병사들 몇몇이 허공으로 붕 떴다가 바다로 튕겨져 나갔다.

"으아아아악!"

퍼퍼퍼퍼퍽!

취존의 양 주먹이 허공을 찍었다. 그렇게 생겨난 권영이 병사들을 휩쓸었다.

"크헉."

"크아아아악!"

제대로 된 반항도 못하고 병사들이 속속 쓰러졌다.

콰직, 퍼억!

취존의 주먹에 얻어맞은 병사의 머리가 깨져 뇌수가 튀었다. 누군가는 가슴을 얻어맞아 정신을 잃었고, 한 병사는 머리가 돌아가 목뼈가 부러졌다.

삽시간에 절반의 목숨이 그렇게 사라졌다. 선장을 비롯한 남은 절반이 전의를 잃고 다가오는 취존의 주먹을 속절없이 보았다.

그야말로 사신의 주먹이다.

난간에 기댄 선장이 짓쳐 드는 주먹을 보며 질끈 눈을 감고 몸을 웅크리는데, 그의 뒤에서 낭왕이 솟구쳐 올랐다.

파아아아앙.

장력이 취존을 향했다.

퍼엉!

취존이 주먹으로 장력을 때려 소멸시켰다. 그러고는 자신을 덮쳐 오는 낭왕을 피해 뒤로 미끄러지듯 물러나며 양손을 활짝 폈다.

파아아아앗.

열 개의 손가락 끝에서 묵빛 지강이 폭사했다.

낭왕은 호신지기를 끌어 올린 채 양팔을 교차하며 얼굴을 막고 몸을 날렸다.

퍼퍼퍼퍼어엉!

낭왕의 팔뚝과 몸 여기저기에서 폭음이 일었다. 옷에 구멍이 뚫리고, 그 주변으로 핏물이 번졌다.

어마어마한 고통이 일 터인데, 낭왕은 손을 뻗었다.

취존의 눈동자가 처음으로 흔들렸다. 설마하니 자신의 지강을 몸으로 막으며 돌진할 거라고는 상상조차 못했기에.

파직!

낭왕의 주먹이 취존의 팔뚝을 때렸다.

퍽, 퍽, 퍽, 퍽, 퍽!

그가 잇달아 취존의 팔을 때리며 밀어붙였다. 취존은 오만상을 쓰며 뒤로 물러나다가 갑판을 발로 쳤다.

그의 신형이 허공으로 떠오르는 순간, 하나의 검이 취존이 있던 자리를 노리다가 회수됐다.

천류영이 주변에 떨어져 있던 검을 들어 찌른 것이다.

천류영과 낭왕의 고개가 위로 올라갔다. 취존이 다시 지강을 날리며 내려섰고, 낭왕이 천류영을 안으며 몸을 날려 피했다.

쇄애애액.

하나의 화살이 취존에게 짓쳐 들었다. 취존은 성가시다는 얼굴로 손을 내밀어 그 화살을 잡아채고는 던졌다.

"커억!"

방금 화살을 쏜 병사가 비명과 함께 뒤로 주춤거리며 물러나다가 배 밖으로 떨어졌다.

쇄애액.

낭왕의 주먹이 취존의 얼굴을 노리다가 꺾어 가슴으로 파고들었다. 취존이 파고들던 낭왕의 손목을 잡아 비틀었다.

투툭.

손목뼈가 부러지는 소리.

취존의 입가에 잔인한 미소가 피어나는 그때, 낭왕의 오른 주먹이 취존의 얼굴에 꽂혔다.

손목 하나를 내주고 주먹 한 방을 먹인 것이다.

콰직!

"크윽!"

취존이 나직한 단말마를 흘리며 뒤로 주르륵 미끄러

졌다.

　취존은 어이가 없다 못해 기가 막혔다. 그의 얼굴에서 처음으로 미소가 사라졌다.

　설사 절대고수라도 자신을 이렇게까지 곤란하게 만든 적이 없었다. 그런데 이 낭왕이란 놈은 대체 뭔가.

　계속 예상을 깨는 파격으로 달려들었다.

　'죽여야 한다. 이놈, 살려두면 위험해!'

　사실 낭왕을 죽일 생각은 없었다. 천류영 앞에서 낭왕의 목숨을 협상 조건으로 내걸 생각이었다.

　하지만 지금 그 생각이 사라졌다.

　홰액.

　마침내 취존이 옆구리에 매어져 있던 검을 들었다.

　낭왕 역시 주워 든 칼을 들고 쇄도했다.

　취존은 짓쳐 드는 낭왕을 보며 깨달았다.

　이놈은 이미 살 생각을 버렸다는 것을.

　천류영을 지키기 위해 동귀어진할 생각임을.

　"그래, 죽여주마, 낭왕!"

　취존이 노성과 함께 검을 휘둘렀다.

　슈슈슈슈슈슈.

　무수한 검영이 피어나며 낭왕을 덮쳤다. 낭왕이 그 검영을 무시하고 안으로 뛰어들었다.

　또다시 들어오는 무식한 방법에 취존이 눈을 치켜떴다.

퍼퍼퍼퍼퍼어엉!

낭왕의 전신 곳곳이 찢어지며 피가 허공으로 흩날렸다.

슈각. 파앗.

취존의 턱에 혈선이 생겼다. 조금만 깊었으면 턱뼈가 날아갈 뻔했다.

이놈, 진짜 위험한 놈이다!

어쨌든 취존의 검이 낭왕의 허벅지를 깊게 베었다.

"크윽."

낭왕이 물러나는데, 취존이 득달같이 달려들었다.

파파파파파파앗, 쩡쩡쩡쩡쩡쩡쩡!

마치 풍운의 쾌검을 보는 듯 무지막지한 속도로 취존의 검이 낭왕을 두들겼다. 어느새 피투성이가 된 낭왕은 부상당한 다리를 질질 끌며 계속 밀려났다.

그때, 하나의 검이 취존의 등을 노리고 다가왔다.

쇄액. 쩡!

취존이 공격을 멈추고 뒤로 다가오는 검을 후려쳤다.

"크윽!"

천류영이 신음을 흘리며 비틀거렸다. 그러나 물러나지 않고 다시 검을 뻗었다.

취존은 이제 말문이 막힐 지경이었다.

이 녀석까지!

쇄애애액! 콰앙!

천류영의 신형이 허공에 붕 뜨더니, 뒤로 날아가다가 떨어졌다. 그렇게 떨어지고도 주르륵 밀려나다가 난간에 부딪치고서야 멈췄다.

"천 공자!"

낭왕이 그를 부르며 취존에게 달려들었다.

취존의 검에서 무려 삼 척 길이의 묵빛 검강이 솟구쳤다.

"낭왕! 이제 끝내주마!"

쩌어엉!

검이 충돌했고, 낭왕의 검이 박살 났다.

"크어억!"

낭왕이 입으로 피를 쏟으며 뒤로 나동그라졌다. 취존이 그런 낭왕에게 이형환위로 달려가 검을 들었다. 그의 검이 낭왕의 목 위로 떨어지려는 순간, 천류영이 빽! 소리쳤다.

"그만!"

검강이 낭왕의 목 지척에서 멈췄다. 취존의 입가에 비릿한 미소가 스쳤다.

천류영은 비틀거리면서 일어나서는 다시 힘주어 말했다.

"날 데려가려면 여기에서 멈춰야 할 거요. 여기까지요, 여기까지. 하아아, 하아……."

취존은 재빨리 검을 회수했다. 낭왕의 눈빛을 보니 자신의 검에 목을 들이밀지도 모른다는 생각이 든 것이다.

물론 낭왕은 죽여야 한다. 그러나 그건 천류영을 얻은 다음이다.

취존의 손이 낭왕의 몸을 찍었다.

마혈을 점한 것이다. 스스로의 의지로 몸을 움직일 수 없게.

취존의 발이 낭왕의 가슴을 짓밟았다.

콰직.

"큭!"

피투성이인 낭왕이 부르르 떨었다.

천류영이 들고 있던 칼로 제 목을 겨누면서 다시 말했다.

"또 그를 건드리면 당신이 이곳까지 온 수고는 물거품이 될 거요."

취존이 승리자의 낯빛으로 웃었다.

"하하하, 좋아. 훌륭한 인재를 얻었으니, 이 정도는 양보해 줄 수 있지. 내 너를 제대로 길들여 주마. 하하하하!"

낭왕의 눈에서 결국 눈물이 흘렀다.

"천 공자, 자네를 이렇게 보낼 수는……. 자네를……. 흑흑흑."

너무 미안해서 억장이 무너졌다. 지켜준다 했는데, 목숨으로 지켜준다고 수십 번 약속했는데…….

이 사람을 어떻게 이리 보낸단 말인가.

잊어 버린 웃음과 희망을 찾아준 사람이다. 무인으로서의 자긍심과 보람을 다시 느끼게 해준 사람이다.

낭왕의 오열을 바라보는 천류영의 눈에서도 눈물이 흘렀다. 그러나 그는 환하게 미소 지으며 말했다. 피로 얼룩진 붉은 미소가 아팠다.

"저는 괜찮습니다."

〈『패왕의 별』 3부, 제22권에서 계속〉

www.bbulmedia.com

www.bbulmedia.com